青年诗人文丛

城下笔记

苏丰雷 著

漓江出版社

图书在版编目(CIP)数据

城下笔记 / 苏丰雷著. —桂林：漓江出版社，2018.10
ISBN 978-7-5407-8511-6

Ⅰ.①城… Ⅱ.①苏… Ⅲ.①随笔-作品集-中国-当代 Ⅳ.①I267.1

中国版本图书馆CIP数据核字（2018）第203136号

城下笔记

CHENGXIA BIJI

作　　者：苏丰雷

出 版 人：刘迪才
出 品 人：符红霞
策划编辑：陆　源
责任编辑：陆　源
助理编辑：孙静静　林培秋
装帧设计：周伟伟
责任监印：周　萍　黄菲菲

出版发行：漓江出版社有限公司
社　　址：广西桂林市南环路22号
邮　　编：541002
发行电话：0773-2583322　　010-85893190
传　　真：0773-2582200　　010-85890870-814
邮购热线：0773-2583322
电子信箱：ljcbs@163.com
网　　址：http://www.lijiangbook.com

印　　制：北京大运河印刷责任有限公司
开　　本：787×1092　　1/32
印　　张：7.25　　　　　　字　数：125千字
版　　次：2018年10月第1版　印　次：2018年10月第1次印刷
书　　号：ISBN 978-7-5407-8511-6　定　价：38.00元

目 录

搬　家

　　上班族正颠簸在路上，而我刚刚有幸成为其中一员。我提着笨重的行李箱——为了节约开支，我趁上班携带一些行李到公司，下班再带到新住处。车子远远驶来，我挤上——甚至还没有完全挤上，还在门边那并不安全的黄色地带。行李箱挤在门边，再也不能向里拓进一尺。我又不愿意下车赶下一班……该死，我还没有学会稍觉体面地行事，还没有掌握稍显优容地变通。

　　到了下一站，不见人下，还上来了几个。我看见我的行李箱的一角似被车门打坏，却束手无策。又一站，开门时门夹住了我的脚后跟，夹着，疼痛，我没有叫喊。等待的时间被拉长。后来，终于挣脱了。接下来一站又夹住了我的肩膀。我狭窄的肩膀使劲地挣了下，居然挣脱了。这让我松了口气。

　　一个中年男子开始关照我，叫我把箱子放到他的脚边。

他是以怎样的心态打量这个显然来自异乡的、还不谙世事的青年呢？他一定对拥挤习以为常了，只是随意地瞅了瞅门口。他看见了一个尤其显得懵懂的年轻人——我。他看见他紧张地、过分紧张地站在那里，目光犹疑、怯懦，不知道该如何是好；他看见他挤在人群中找不到一点安稳的空间；他看见这个人如此活生生地挤进来，在已经饱和的人群中，为了什么而不顾一切地挤进来……他一定想到了许多。这年轻人的稚拙与倔强，或许让他想到了年轻时的自己，或许让他联想到了生存本身的悲怆。作为一个中年人，他尚没有摆脱掉贫穷的桎梏，这尤其让他能够对别人的类似困境感同身受。他心里难受，根本坐不下去。所以他站起来，把这个位置让给这个更需要的年轻人。没过几站他下车了。他是抵达了上班的地点，还是被生活的悲酸的景象击碎了心，而不得不下车，逃离这车厢内已发酵的悲怆？没有人知道这个人的所思所想。但我得感激他，有这么一个人向我伸出了援手。

我坐在他曾坐过的位置上。这个位置靠近上下门，靠近我刚才曾在那儿吃过苦头的门边黄色区域。

售票员站在那片黄色区域也不时看我。我不知道她在想

城下笔记

些什么。人还是很多，那么多人愿意丢掉许多东西挤进来。

　　我不说话，因为是一个人，又或是因为什么东西让我忘掉了我是有嗓子这个发声器官的……

2006.3.1

找 零

上周日，我才工作没几天，想把家搬到公司附近。房子好难找！好容易找到一处合适的，但终没谈拢。心灰意冷爬到公交车上，已是晚上八点多了。车上坐着寥寥几个人。我正准备掏钱买票，却看到口袋里最小的钱币是一张五元的。北京的公交车规格太多[1]，真给乘客平添了诸多麻烦。这辆公交车虽打着"票价一元，无人售票"的提示，但因天黑我没留意。我原以为没看到也并不顶要紧的，不是常能见到做了这样提醒的公交车，上下门处仍有售票员（后来我称这些工作人员为"监票员"）吗？我掏出那张五元纸币，递给了"售票员"。她抱着膀子，盯着我，不为所动。过了一会儿，她用嘴噘向投币的箱子，意思是叫我把钱投进去。我哪里肯！这是五元，总不能当一元投进去

---

[1] 这是北京公共交通系统启动"市政交通一卡通"之前的状况，也应部分地归因于作者初入这座城市的生疏。——作者注

吧？！我就站在她身边，听她接下来是啥意思。她再次叫我把钱投进去，我执拗不过，就塞进去了。我在她对面坐了下来。过了好一会儿，她对我说：收上来多少算多少。我起先还有些豁达的，想也许人家今天心情不好。但是，这慢腾腾的车把我的情绪也颠簸得起了变化。我想：凭什么如此待我，丝毫没有礼貌？再加上，我上车的那站就是这路车的最后几站。停一站，没几个人上来，大多都还是用月票的。本来，我准备上车坐两三站便转车，但我一直坐到终点。给了她五元，只收回一元，等于多花了三块钱坐了一趟公交车。更让我生气不已的是，下了车我还得往回走一段路才能转车。

上周五，我准时下班，跟一位差不多同路的年轻女同事边走边聊，不觉走到站台。我一般不从此站上车，而是走到下一站坐快车回去。但看见一辆慢车过来了，也就跟着同事上去了。

站在投币箱附近，正准备掏口袋里面的零钱，但转眼看见"售票员"竟就是上周日晚让我好不生气的那位。我跟她攀谈了起来，说起那晚的事情。她说："啊呀！你还真是逮住了人了。"她有点尴尬地微笑。我说，我那晚算是为公交事业做点贡献。跟她如此聊了一站地，最后跟她打了个招呼就下了车，一元钱车费自然是没给了。

2006.3.19

梦

　　我每天乘坐公交车上下班，手中还常提着个方便袋（里面装的是中午吃的便当）。公交车总是非常拥挤，售票员总在声嘶力竭地喊着"后面有空，不要在前面站着"。被推搡。闻自己和别人身上汗馊馊的异味。大家伙都一副自我封闭的样子。

　　我被挤到下车门口对面的座位旁。那里两个相邻的座位，前面的坐着一个小男孩，后面的坐着一个小女孩。男孩小黑脸，忒活泼——他挤眉弄眼，在椅子上无法安静，仿佛座位上有一枚钉子；可小女孩却非同一般，她简直就是一个布娃娃，乌黑的眼睛像布娃娃一般眨巴，一头浅浅、微卷的头发，就像托钵僧的乌钵倒扣在她那还未开发的小脑袋上——她有些慵倦，没有说一句话，只是抬起懵懂的眼睛——黑睫毛在那乌黑发亮的泉水边蜷曲地生长着——打量着周遭。

小女孩的美让人莫名惊叹，在这别无选择的时间里，我便仔仔细细地打量起她来。我仿佛从来没将谁的面孔这般仔细地观察过。这孩子真是美呆了，尤其是那一双布娃娃般懒洋洋的眼睛，天真地顾盼着我们这些过客，小脸则无比平静，仿佛有些疲累了，竟扑在前面座位的靠背上小憩起来，一定是陌生和颠簸让这孩子犯困了。

回到住处，此时我正在一段恋情的结尾，很累，甚至觉得一个人更好。我做饭，做今晚和明午的饭；洗衣，洗过去一周的衣服，一大盆。虽然这个夏季雨水泛滥，但每天还是会流大量的汗。真是忙，哪里还记得那张脸，那双布娃娃般的眼睛！

晚上九点半钟，我喂饱了我的这张嘴，洗漱好，躺在床上读萨特的《理智之年》，没读五六页意识就模糊了，再也看不清一个字。我就势关了灯，差不多同时进入了梦乡。

在这"异国"里，弗洛伊德"安排"了规则，我竟梦见了我以为我已忘却的这一双布娃娃般的眼睛。这朵美丽的幻象来到了我家，晚上，妈妈安排她、弟弟、我一起睡，我突然从青年退回到少儿时代。弟弟夹在我和她之间，我要求弟弟换到她的另一边去。弟弟当然服从我，但她却不愿意，一副气呼呼、不搭理人的样子。但最后她退让了，自己睡到了大通铺的另一侧，蜷着身子向外睡了，我也就心安理得地在她身旁睡下。

时光飞速，转眼我就大学毕业了。在梦乡里，我毕业于一所子虚乌有的大学，好笑的是，我家老房子的外墙上居然印着这所大学的名字，还印了许多其他图像、文字，全是广告，大学的名字也明显是装点门面。我结了婚，这婚姻拿到台面上一定叫人奇怪：我一直抱着我裹在襁褓里的妻。她就像一只小猫咪，露出脸庞，露出那双布娃娃般的眼睛。在梦里，时间永远让人捉摸不定，我抱着我的妻在时间里漂流，家庭变迁、困难不断降临，但我一直怀抱着她，从没有放手。她那双眼睛，那双眼睛，布娃娃般的、充满东方美的眼睛……

2006.7.19

今天是一个"〇"

　　一天里最有意义的一件事便是拿起这本日记本。拿起日记本通常等于要记录当天最有意义的事情。但是，我已经说了，今天最有意义的一件事就是拿起这本日记本。除此之外，没有啦！我还在写着：用充实证明空虚。因而，空虚被表现得多么完整：我用文字给它描了一道金边，却丝毫不蹩脚，将任何一笔涂到它的对立面占有的领地里去。

　　今天是一个"〇"。

2007.3.6

小人物

　　老板安排我今天接待电信公司的电话安装员。电信公司想必把这等工作外包给其他公司或个人了。这两个工作人员（还有一个一直在楼下，只闻其声，不见其人），一个是男士，三十多岁，头发白了很多，另一个是看上去很庸常乏味的家庭妇女。我为什么要记录这一笔呢？给这两位小人物记上生动的一笔，以标示他们在这世界无可置疑的存在吗？我从后来发生的他们那地地道道的小人物举动，认为这篇文字有记录的必要。我对他们爱贪小便宜有些气恼，但也为他们做出这一行径并习以为常感到好笑。这是一种怪怪的、复杂的心理。

　　我们公司有四间办公室，我相信每间办公室总有一两件他们感兴趣的物什因为他们的到来而神秘失踪了。我并非污蔑，我只是看出这种行为是那个爱耍小聪明的青年妇女的习惯，并且，在她丈夫（有一次，她下意识地拍打她男同事那件破旧西装上的头屑，所有明眼人都会据此认为他们是一对夫妇）的怂恿下，她变得愈发精于此道。他们的配合果然是一流的。在一间办公室，那位女士正试图把一块电子元件装进她那只手提包（手提包原来有此用途），不巧被我撞见了。也许，此前她已把另一只这样或类似这样的元件藏进去了。天知道公司那只箱子里有多少这样的家伙。在另一间办公室，一只大纸箱里装满整包整包的套书，上面还高高地摞着几套零散的图书。在他们工作的时候，那位男士倒客客气气问过我："这书是你们公司出的？"我答道："是。"我也可算作一个细心的人，因为，在他们来这间办公室之前，我就把它们细心清点了一遍，而且，记得特别清楚，那摆出箱子的是八本书。在他们迅速做好本职工作之余，他们顺便做了一份兼职。首先，我承认，我的预估不甚准确。因为我预先认为会丢掉一本，那八本书将会剩下七本。我想我过于乐观了。在他们走后，当他们在公司斜对面的那间成都小吃店开开心心吃午餐的时候（临走的时候，他们问我附近可有餐厅，我便指给他们这家），我留心数了一下，居然少了两本，也就是丢了一套完整的书（由此可见，他们顺手牵羊时的心态多么镇定。我想，他们想必还随手翻了翻，以便决定值不值得拿走）。我对结果的估计严重失误，让我有些郁闷和赌气，但是，我得承认他们干得不错。我唯一引以为豪的是，我知道他们把这两本书藏在哪里带出去了，就是那只他们用以装电话线的工具箱。我最后撞见那位青年妇女正用透明胶带封装这只工具箱。噢，铁定就在那里面！我敢打五十块钱的赌！

2007.3.31

"怪 人"

昨天下午一点半，正是下午开工时间，我去洗手间，路过隔壁办公室，见门敞着，就朝里望了一眼，正巧遇到了他的目光，他把我招呼进去。这个人我甚至没问过他的姓氏。

据说，他是一位博士，至于什么专业的博士没有细问。经常与他一起办公的，是一位哈师大毕业的、高大而绅士的老头，姓陈。自我来到这家公司，我就在这座写字楼的各处遇到他俩，有时在水房，有时在洗手间，有时在楼道……我的办公地点虽不出这座写字楼，但具体的房间倒变来换去，最后呢——也就是现在——我就在他的隔壁办公，见面的机会就更多了。

但我们却几乎都有一个特性，就是即便迎面相见也不打招呼。这种迎面相遇只是面面相觑而不打招呼至少持续了一年。我也说不清楚出于什么原因，我似乎有意结识这个近邻，看得出，他也似乎有这个想法。然而，我们终归只是想，而嘴巴却嗫嚅着没有发出任何声音，这样就错过了。从这一点来看，我们似乎较为相似。这从后来的遭遇也能得到佐证。

大概是两个礼拜之前，我终于借助一个机会打破了彼此间俨然牢不可破的尴尬的沉默。当时，他一个人推着一只木质的大办公桌卡在门口。"需要我帮忙吗？"我说。他抬起头来，先是愣了一下，"谢谢！谢谢！"一小片沉默之后，他客客气气地说。这是我们一年来头一次打招呼。他就这样带着一份感激认识了我。但即便如此，有些场合我们依然不相互打招呼，除非迎面相遇以至目光碰到一起，才不得不打一声招呼。

后来一个星期六，我正在整理我的办公室，他轻轻地踱进来，问起我这边的具体工作来。得知我是做业务这一块的，他像发现普世真理一样抱怨、哀叹："如今这业务不好做啊！如今这业务不好做啊！！"我业务做得还行，所以，我对他发的牢骚很不能表示一点同情，甚而有一丝反感。他倒只说了这么两句话，就知趣地踱回他的办公室了。他星期六经常是"加班"的。

——我走了进去。屋内干净得可以。两套黑色的皮沙发，躺在两边；两张大办公桌并在一起正对门口，旁边各有一张靠椅；在沙发旁边两盆高大的绿植刚喷过水，青翠欲滴。我留意了一下，右边那张办公桌靠外放置着一部研究先秦史学的著作，窗户两边各放了一盆仙人球。这位中年人——从近期交谈的寥寥数语中，我已得知他还是我的老乡——正脱了鞋踩在沙发上，两只手抓住一幅北京地图权衡着。博士老乡忙对我说："你帮我看看（地图）有没有挂斜，我眼睛不好使。"我便帮他做着这个参谋。进门的右面墙上准备挂上两幅地图，一幅是北京的交通图，另一幅是北京的政区图。等我们挂完了右面墙上的地图，我听见这位博士老乡又像在对我说又像是自言自语："等我有时间把这幅地图剪去一点，这样两幅地图的下摆就齐整了。"他这样说，我也看见他边说边用手比画的地图下摆的页边的确可以剪掉 0.5 厘米而不破坏地图的完整性，也就是说，北京连根汗毛也不会少。但是，他给人的感觉怪怪的。他似乎有点太那个了，神经质。对！神经质！他太神经质，太斤斤计较了，太在意细枝末节上的微不足道的小事了。

这时，我由衷地发出一句感叹："你的房间（里的摆设）

好对称啊！"他听见这句话很高兴。"是的，是的，"他接过我的话，"中国人嘛，中国人嘛，就好这个，中国人嘛，中国人嘛！"这句话惹得我心里咯咯地发笑。这博士显然有那么点问题啊！我想。我感到非常好玩，于是特意迎合起他来。在进门的左手边墙上也准备挂两幅地图，一幅是中国地图，一幅是世界地图。为了迎合他对对称这门学问的癖好，我特意伸展两臂来判断两边的地图是否挂得对称。这很重要，如若这一点我没注意，使得两面墙上的地图不对称，他势必还要重新挂一遍。而现在一个小时已经过去了，也就是说，过去了一个小时的上班时间，我有点急了。在挂左面墙上两幅地图时，他夹杂叙述了一些个人喜好以及不时流露出他的内心隐秘。如他叙述自己如何从小就喜欢地图，就是现在也依然不减当年的热情。还有就是，他说的一句话让我印象深刻——"挂上这四幅地图这间办公室就没有原来那么空啦！"他说这句话时，像倾吐出一口沉郁之气一样。

是啊！我经常发现这位博士孤零零地办公，他没有女秘书，他那位老同事总是隔三岔五才来。他一个人，打电话，看稿子，一个人去食堂就餐，漫长的孤寂，终于有一天，他成了这样。他已经成了一个怪人。"一个怪怪的人"，我的一位女同事曾经这样描述他（虽然带着那么点好奇），我心里也这么想：怪人！

2007.4.12

ABCDE……

今天下午大概三点多的时候，有人推门进来，是公司的两位年长的同事 A、B。他们领进来一位陌生的年轻男子，以及一位打扮得有点像幼儿园教师的瘦高个女子，她是 B 的妻子——进门后，A 对两位陌生人做了简单介绍。

A 坐在我对面用起电脑，B 坐在里面（距我右手边不远）的办公桌边和那位陌生男子低声聊着什么，而 B 的妻子则坐在我斜背后不远的椅子上。我正在整理资料，因为任务紧急，没有插话，一直听着。

那位陌生男子与 B 聊了一会儿天就准备走，B 紧跟着出去送他下楼。屋里剩下三个人，这时，B 的妻子突然兴致很高地说起话来。我们知道了她是中学英语老师，但因为生病，请假在家，然而，她在家里待不住，就跑到她老公的公司了。刚开始，她常把一句话说三遍，让我有些诧异。

她说，她不知道为什么在家里待不住。接着，她又补充了一个原因：在我们这里，至少可以听见真人讲话，而在家里只能听电视讲话。当她说这句话的时候，我停下工作，侧过脸去打量这个还算年轻但有些病容的女人。我看见她的心此刻通过她的嘴开了一扇小小的窗户，从她身体的沼泽地里散发出的沼气与外面那春天的气息发生着轻微、带着点快感的交换。她的气色略微比刚进来时要好。因为笑容的缘故，她的面孔有一些发亮。

B 回来了。她完全不受其影响地继续说着。A 保持着微笑倾听着。也许，正是这种善意微笑鼓舞着 B 的妻子持续地、快乐地倾吐，而我则细心品味着她说的话，敲打键盘的双手变得柔缓了许多。B 坐在靠椅上，还是一语不发。他的妻子有些许不高兴。她很渴望 B 也加入他们的谈话，来活跃活跃交谈。但是，B 依然沉默着。B 的妻子努力掩饰着不高兴，说话依然带着快意……

话题不知怎么就转到旅行上来了。A 就说哪些地方好。他说到北京郊区有不少比较好玩的地方，比如有一个，不记得去往哪里的火车在那儿有一个临时停车站，只要下车就完全到了另一个世界，那里远离尘嚣，别有洞天，简直就是现代桃花源。B 的妻子听见了，就对 B 说："什么时候我们也去吧？"B 沉默地发呆着，没有回答她。B 的妻子又叹息道：如果自己到农村或深山里休养一段时间，病也许早就好了，不该待在家里。现在，自己康复得比预期的要差，另外，过段时间又得去上课了……

我和 A、B 共事的时间不长，还无法深入了解他们更多的底细，只知道他们曾经的职业。但无疑这些人还是值得阅读的。A 是个性格看上去较为开朗的人，但之前有一次，也曾自嘲地说，现代人的生活真是毫无幸福感啊，他现在只有两个乐趣了：一个是晚上回家打开门，他家的哈巴狗会摇头摆尾地笑着迎上他，它的忠诚令他"倍儿感动"；一个乐趣是在地铁里欣赏吉他手弹唱，他说，吉他手无忧无虑的弹唱让他能够暂时忘记烦恼。

B 呢？他太特别了。也许，他是一个非常有城府的人，但分明过于苦闷了。他的脸布满了显而易见的愁云，让人过目不忘，这种愁云对观众心情的影响是非常直接的。这张我们俗称为"苦瓜脸"的面庞背后愁苦的是什么呢？也许正是为着他的妻子，也许是因为工作压力。他有一辆还不错的小轿车，这是业务的需要。据 A 告诉我，B 有车子但无房，而他有房而无车。可以看得出来，B 是那种为过上中产阶级生活而费尽了心力的人。

回到B的妻子。这个为人妻，但似乎还没有孩子的女人，虽然我与她不过是一面之交，但我看透了她是个极端孤独的女子。

2007.5.9

引　诱

　　两三个月之前，公司成立了一个新部门，新任命的部门经理不知从哪里招募了几位年方十八岁的小姑娘，其中一个成了我这篇笔记的主人公。我给这位姑娘取名叫 C。这个 C，青春的嗓门格外大，很能感染人；身体发育得好，发达的胸部与她的年龄似乎不相称但与她的身材又相匹配；她的面孔虽带点青春孩子气，但如满月般姣好；她说普通话的口音怪怪的，她曾自我介绍说是福建人。这诸多特点结合起来组成一个芳龄十八岁的女孩就不能不让人喜爱。她的经理有次安排她到我的部门使用电脑。我和她攀谈了起来。大概因为我是这个公司最年轻的男性，让她愿意跟我多聊。

　　这样一来二去，我俩的关系倒暧昧起来了。中午，C 总会跑到我的办公室，美其名曰向我讨教问题。我一一帮她解决了。她的运气着实不坏（或许暗地里下了不少功夫），很快，她在公司的业绩已非常显目，做起工作也有板有眼，不像刚毕业的样子。我俩越套越近乎，有时候晚上网聊，我竟开始大胆引诱她，我从她的不拒绝里发现了有机可乘。她知道了我有意想和她谈恋爱。

交流在进展中，甚至快要坠入"爱河"了。但我的老毛病犯了，这是一种怎样的毛病呢？我在想，我们真有爱情吗？她给我的不过是一种美好的、惹得我想亲近的感觉，那不过是一种青春的诱惑：我幻想她那淘气的样子，幻想那青春的身体；我想起自己那无果无终的初恋，我渴望了解当前这个小丫头的想法。但还有更多的问题在后面，我作为成人不得不考虑。她现年十八岁，还十分懵懂，不知爱情为何物。我如果贸然进入她的生活，能给她带来什么呢？关键是，我对她的情感是足够强大和足够负责任的吗？如果不能成立，那么不是足以推出这样一个结论：我必将伤害她无疑。这让我非常懊恼。预先知道后果是灾难性的事情我又怎么能做得出？！我痛苦得垂头丧气，为自己的轻率悔恨不已。我害怕自己——在孤独的陷阱里面，我的理智竟不起丝毫作用。

她给我发短信、拨电话，她那孩子气的声音在我的耳边响起，我立即就被感染了。我又犯糊涂了，又开始说一些引诱人的话，我们的关系又进了一层：她知道了我"非常喜欢"

她，想跟她谈恋爱。长长的电话之后，我为自己的惯性感到震惊，同时，也感到非常苦恼。我只在当时有一丝快感，而过后就全是后悔。事实已经足够明白：我不爱她，只是出于孤独的原因想引诱她。她在错误的时间和错误的地点认识了一个错误的人，或者仅仅因为认识了一个错误的人，而使地点和时间都完全错了。

我对爱情有着美好的期望，并不想胡来。我明白甚至敢于肯定目前C没法儿给予我想要的爱情。爱情是一项多么巧妙多么巨大的工程啊！没法儿达到我想要的爱情，也就是说，我爱她就无能为力。总之，我渴望那完美的爱情，而眼下的这份很大可能不是，很大可能预示着失败。没有成功女神引导我，我的信心派不上用场。我只能退缩、徘徊。我的善良和起码的一些道德情操开始起作用了。这些思考最终归结为这样一些问题：为什么是我第一个伤害她，让她抱恨终生？既然明确知道不可能，为什么还要牵强地走进去，品尝痛苦？既然没有爱情，自然也就得不到自己想要的快乐，那显然不能继续往前推进下去了。青春的身体、美好的感觉只不过是虚幻的泡沫，丝毫掩盖不了本质。这个事件的本质是昭然若揭的：我对她起了坏心眼，企图享有她。

从 C 的角度来看，她开始喜欢我，开始尝试着接受我，虽然一开始也有一些对年龄的顾虑，毕竟两者年龄相差五岁以上，而她还是稚气未脱的女孩，对爱情毫无经验，有一定幻想，但像所有未恋爱过的、甚至恋爱过的女孩一样对男士存在不同程度的顾虑（害怕被伤害）。从我的角度来讲，她已经"上钩"了，语言的引诱是成功的，但道德谴责随之而来：如果有爱情，那么承担责任的是双方，如果只有一方付出爱情，那么后果只能让付出爱情的一方承担，这不合理。我没有赢得女人欢心的喜悦。我不得不绝地反戈了。

　　那是一个下雨的晚上，我在饭馆吃饭，C 的短信来了好几条。我回到公寓，拨起了电话。我尽力抵抗她那小女生的淘气声音。我成功了，开始讨厌这种声音。我开始表态，分析我们之间的关系，总结了这一段时间两个人的感情，但归根结底是很不现实的，还是做普通朋友的好。她也跟着我重复说，还是做普通朋友的好。但接下来，她就有些痛苦地告诉我，我骗了她。这一下子击中了我的阿喀琉斯之踵。这个字，我没想到她会用，全然没有考虑到。我没想到，她当着我的面抓住事情的本质并以此质问我。她接着说，我不过是寂寞罢了，她不过是那种比较好被欺骗的女孩子，在我寂寞的时候出现，是一只被瞎猫逮着的死耗子，她就是那只该死的死耗子。她哭哭啼啼，说她整个晚上也不会睡着了。我感到了问题的严重性，但所有的伤害性语言已经抛出，完全地抛进了这个年纪轻轻的女孩的心胸里去了。我感到自己像一个历史罪人一样，手不停地哆嗦，眼泪在眼眶里打转，不争气地流了出来，哽咽得说不出话，勉勉强强不停地说三个字：对不起……对不起……对不起……

从开始就是错误的。对！从一开始！孤独是一种病，它使我们吃错了药，在陷阱里面不停地寻找出口，用手抓住一切可以抓住的事物。但一切又都是错误的，那些绳索是脆弱不堪的，不属于我的，不属于我命定的那个，我抓住了它，它被扯断了，我看见由于我的失误，这些绳索凌乱地断裂在那里。我心里歉疚，嘴里喃喃说着对不起对不起对不起，但完全无济于事。错误已经铸成，忏悔无门。

那晚的电话之后，C变得忧伤了，她没事就拨一遍我的手机，然后挂掉。我拨通了她的手机，问她有什么事情啊。我温柔地问她，因为我是责任方，胸膛里歉疚的泉水已汩汩而出，不可抑制。她回答说：我整你啊！谁叫你骗我！……

这个女孩，少不更事，只是已青春如花朵般在人间妖艳地开放了。世界上还有另一类物种，与她是对立的，或者是相融的，但对立的可能比相融的机会要大。爱情是一种非常渺茫的希望，一种发生概率极小的事件，是一种精确度极高的电子对撞。当两个幼稚的小人儿为青春所感动而萌生爱意，一些错误的发生是可以理解的、可以原谅的，因为两者的任何一方都没有能力预知后果。但是，一方欺骗另一方，将另一方玩弄于股掌之中，那就是对对方的伤害，是一种大错。一个人必须拥有这种道德，必须先于享乐去思考结果，结果是某种客观的东西，它足够衡量一个事件的意义。那小小的心如今想着什么呢？她也许快速成熟了，也许学会了伤感，也许偶尔需要失眠了（以前，这样的情景真是少之又少），也许反感这个世界，也许对这个世界的另一群人感到某种畏惧或不信任。一想到这些，我的罪恶感就会增加，许多变化都是从一种事物转化成另一种事物，唯有这种伤害却可以从零陡增，甚至能够突然拔地而起，直入云霄。这让人非常惊恐，感叹自身原来藏有这样的大恶。没有比看见此情此景更让人难受的了。

虽然给别人的伤害已经造成，但是，我依然在思考爱情的可能性。是呀，我从来没有熄灭对爱情的渴望，这种渴望是永远熄灭不了的。恰恰相反，正是这种渴望使得我评价目前的感情问题。我想走进的是一种彼此平等的爱情，这种平等的爱情必须建立在双方的坦诚相识上，必须双方都渴望着走到一起，能够承担属于自己的责任。引诱是不可以的，它首先犯了不诚实的错误，其次，对于结果（多数是坏的结果）的承担也是不平等的。人类的情感是外露的，越寂寞的人越容易外露，这是必然的。怎样找到一座桥梁，通过这座桥梁，让我们通向即便最终是痛苦却足够是美的东西，而不是走向恶？人类走向恶的可能性非常大，因此，我们必须三思而后行。对于意图作恶的人，结果是可以预料的，道德在这时候是分水岭，它将使我们最终熄灭恶的或贪婪的想法，最终不至于使结果更糟。受伤害的人是无辜的，短暂的痛苦伴随着她成长，那个意图作恶却收手的人祝福她：祝你此生幸福。遗忘会很快的，因为他们是失误而走到一起的，他们本来就不是命定的同类人。引诱有着某种根深蒂固的原因，但善良是存在的……

　　之后的某天晚上，我觉得 C 的感情应该平复了，大概可以做一次温和一点的谈心了，我就给她拨了一个电话。没想到那个电话那么长。C 侃侃讲述她生活中的故事。我有些吃惊。她谈到了家庭，谈到了自己的学业，谈到了自己身边发生的一些伤心的事件，尤其是谈到她的同学——一个小男生——在一次车祸中不幸去世，她去太平间看望他时，所流露出的一种姐姐似的神圣情感，这种情感让人动容。她说，她以前一个月也不回家一次，这件事发生以后，她每周都回家看一次妈妈。我平静地倾听着她的涓涓讲述，感叹这个女孩其实成熟得非常早，她的心理真的非常健康啊！我产生了一份感激之情，感谢命运安排我们相识。C似乎已经把我对她的伤害撇在一边，或把它封存了起来。对于我来说，我轻易不提那次失误，那是我的罪过，而今她不愿怪罪于我，近乎已经原谅我的态度，已让我铭心感动。我非常珍惜这次将功补过的机会。

两天后，一个阳光明媚的下午，我和C约好以要好的朋友身份去一处公园。我们坐在柳树下，面前是一片湖水，湖面上布满了各种小船。和风吹拂，微波粼粼，人们全都沉醉在甜蜜的交谈和温柔的沉默里。那是一个非常愉快的下午。我俩融洽地坐了四个多小时。我们聊天，语气平和，语速匀称，与空气中的风速相应。等到时候不早了，我们起身，走过一对对彼此挨得很近的情侣，走过缓慢持重的老人和动作

　　　　　　　　　　　　　　　　城下笔记

嚣张跋扈的小孩子，走过栅栏围住的钓塘，甚至看见一网袋蹦蹦跳跳的鱼。我把她送到车站，在车站边陪她等候，看着她走上公交车，看着她在公交车里抓住扶手站立着，看着运动的公交车中她的形象。我也沿着长长的站台走了起来，走上高高的天桥，一切让我心里感到安稳。我心里想：我解决了危机，我解决了危机，我没有伤害她，我不能因为孤独就找一些人做我孤独的炮灰，她是属于她的世界的，我们可以获得一种彼此欣赏的平行的美，我怎么能忍心去破坏、干涉她的美呢？我没有去破坏和干涉，我干了一件好事情，虽然在干这件好事情之前干了一件足够龌龊的事情。算了，我解决危机了，我应该给她一个世界上有好男士的印象，她不是很悲观地说过吗？这句话可不该是这样年幼的女生该说的啊！她说，她身边的女生没有一个没受过伤害的。世界上没有一个人是应该受到伤害和欺骗的，这个世界上谁也不愿意受到伤害和欺骗，如果我们能够阻止和停止这种伤害和欺骗，我觉得是做了一件积善行德的事情。

　　我救了我自己。

2007.5.13

俨然习惯的一瞥

大概两个礼拜之前吧，一个女子掀开我们租住的简陋住宅门口的布帘走出来，而我正要向里走去。于是，我迎面撞见了这个漂亮的年轻女子。我内心不由一震。我有一种预感，她也吃惊不小。她那种美丽并非仅是天赋，更有一种后天的修为在里面。看见她，你似乎觉得这个年轻女子不一般，有一种想了解她的欲望。她住在通道最里面的那间屋子。那间屋子有一扇巨大的毛玻璃的窗户。每次早出晚归，我都几乎一次不落地瞥一眼她的小屋的门锁，锁住了证明她出去了，没锁证明她在里面。我回家常常很晚，那间小屋明亮、白炽的灯光明显告诉我里面有人，但最近，小屋却黑漆漆的，像一个幽深的巨大洞穴。然而，当我开门瞥向她的房门时，我发现她的门没有上锁。这让我猜度，她最近心情郁悒，大概不是失恋就是失业了。

今早，房东在楼道里巡视。我便问她：那屋子可有人住啊？我一边说，一边将手指了过去。她回答说：没有。我最不想出现的情况还是发生了：她搬走了……

可是，我并没有停止我俨然习惯了的一瞥。虽然她已经搬离，但是，那份感觉依然存在。所以，总是会情不自禁地瞥一眼，就像一声招呼、一个手势，暗暗向另一个人传递，不过是一种美好的期盼，不过是一种心思的流露，不过是一种孤独的习惯或一种反抗孤独的本能。但反射（回报、回馈，这样的褒义词显然是欠妥的）给我的永远是空虚。一个姑娘在我的脑海里留下了一张相片，然后飘然而逝。这张相片，由于是思维这种非物质性的东西构成，它的虚无性、被遗忘的可能性就更大。但是，生活中这样的虚无无处不在，我甚至没有品尝真实的勇气。我就是如此处理活生生的生活，比早晨照镜子还要虚无一百倍。

2007.11.14

高尔斯华绥的《苹果树》

最近读完了高尔斯华绥[1]的中篇小说《苹果树》。这是一个非常优美的故事，是的，直到结尾你才陡然感到一股悲怆。

故事讲的是一个刚毕业的大学生，是的，就是刚毕业的大学生！只有刚毕业的大学生，才是这个故事的开始。他在一次旅行途中爱上了一个乡村姑娘。应该说，值得这青年高兴的是，姑娘对他的爱情比这年轻人对她的更强烈。是的，就是那苹果树下的一吻，这青年就天真地想娶她为妻了。为了私奔，青年去城里取款去了，想给他未来的妻子买几套衣服（这一动机显示出这青年的爱情是脆弱的）。不巧或者说很巧，这青年碰到了一个熟人和他的三个妹妹。在两个比较小的妹妹的牵制下和出于对那比较大一点妹妹的好感，他留了下来。这是第一天，他处在矛盾挣扎中，最后的妥协是发了

1　约翰·高尔斯华绥（1867—1933），英国小说家、剧作家。

一封电报给他"未来的妻子"。第二天，他也在矛盾挣扎中，在去什么地方的路途中，他居然看见了前些日子钟情的女子（她正到处寻找他）。他是个诗人，不仅懂得捕捉美，而且对于自己的情感也是渴望负责的。他经历了一番内心挣扎，但最终还是跳下车，追赶远去的她。不过，他没有找到她……不过，要找到她并不难，是吧？

这青年渐渐爱上了朋友的妹妹，而放弃了那个准备一起私奔的乡村女子。他与朋友的妹妹第二年结了婚。故事到这里并没有结束。二十六年过去了，他与妻子回到初次见面的城市庆祝他们结婚二十五周年。他们把车子停在一个岔路口。迎着岔路，有一个坟茔。按照习俗，这是一个自杀者的坟茔。这个男子隐约记得这片土地，他躺在旁边的草地上回忆了一番年轻时候在这里的一段浪漫时光，他的妻子在不远的地方画画。他一个人偷偷地、美滋滋地回忆，简直就像在偷腥一样。回忆完了，他看见一个跛子艰难地从斜坡那边走了过来。他忍不住好奇向他打听起这个坟茔来。这个跛子他并不陌生，二十六年前他们见过，说过话，而这个跛子如今已经不认得这个人了（跟年轻时候显然差别大极了）。那跛子告诉他，内容差不多恰好是他刚刚回忆的，另外，再加上那青年离开女子之后的事情。是的，那女子自杀了。按照当地风俗，自杀的女子只能葬在岔路口。那个坟茔里埋葬的就是她，那个他当年准备与之私奔的乡村姑娘。

是的，我尽我的记忆复述了这个故事。我为什么要复述它呢？因为这就是我们的真实写照——情感写照。

2007.12.26

现代父子

父亲是一个过程。父亲曾经也是儿子，只是因有了儿女而成为父亲。在某一个阶段，他既是父亲又是儿子，对他的父亲和儿女都有义务——这两辈的生命维系于他的生命。因此，他从事实上感到自身的分量和价值。而上下（他的父亲和儿女）皆无此分量和价值，且无力僭越。他通过为家庭成员谋食谋福利而成为家庭的顶梁柱，这促成了这个男人的权威地位。他日益变得善于梳理生活，或者将生活调整得符合他的逻辑。这是权力支配下的关系调整与资源重组。这与他曾为儿子时迥异。

父亲之所以能以权威者或统治者自居，在于其勇敢地接过那沉重的家庭责任。这是生活的必然趋势，这是自然的更新迭代，但其心理在这一迁变中却也经过了复杂而深刻的变化。最终，所有的父亲成为同义词。

儿子（限于经验，此文只分析子女中的男性，女性或可参照）在成长。成长中的儿子在父亲眼中为何物呢？父亲大都认为，成长中的儿子并不构成对父亲权威的威胁（按照弗洛伊德的"俄狄浦斯情结"理论，儿子不过在争取爱方面与父亲构成竞争关系，但竞争关系并不会放大到挑战父亲地位的程度）。在他的概念里，儿子不过是他的臣子，将完全听命于他。父亲凭借自身的经验已在内心里千百次地规划其儿子的未来。他常常欣喜于他的思维缜密，并认为他已为儿子指出了康庄大道。他的儿子唯一需要做的就是按照他的蓝图步步为营地去履行。他的爱是博大的，也是自私狭小的，因为儿子是他的化身，当他去往天国时，儿子将继续他活在世上，就像他继续他父亲活在这世上一样。儿子，他的所作所为近乎全然为了儿子幸福地活在这世上，延续子嗣，绵延下去。这是一个强大的、传统的父亲。

父亲在儿子成人之后，尤其在儿子完成一件父亲认可的里程碑事件之后，此时，这传统而强大的父亲将突然视儿子为一个朋友。在我国，现代教育尚未普及时，就更常见此类情景——在某个时间点，父亲感到儿子已经长大成人了，应该与儿子平等相处了。父亲视儿子为朋友，采取较为民主的协商机制，甚至在决策时听命于儿子（这种听命乃是一种自愿的听命，而不是妥协于儿子的执拗）。这个时期的来临缘于儿子成功地进取，比如较好地完成了学业，使父辈的学识相形见绌；比如儿子在谋生方面小有成绩，已与父亲平分秋色。

　　但儿子与父亲常常只是一种形式上的朋友关系，或者仅仅局限在家庭内部，而非真正的灵魂上的朋友关系。造成这种情况的原因，我认为是"沟通的尴尬"。我们也许会觉得，青年人喜交近似的朋友，如能年龄近仿、志趣相投，则更愿意亲近。而父亲和儿子则是两代人，年龄是实际的代沟。但我们会发现，年龄并不那么重要，比如某些教授、师傅与其学生、徒弟的朋友关系较为亲密，其沟通的成果更是喜人。我想，父亲与儿子之所以较少地达成这种景致，在于父亲与儿子曾经有过一段不愉快的关系。那时，儿子年幼，曾遭遇过父亲的暴力统治，而今他们将促膝谈心，实属他的心灵难以接受。尽管中年的或年迈的父亲向儿子伸过橄榄枝，示意可以和平地如朋友般相处，但儿子仍然忌惮于父亲的权威。儿子毕竟还是儿子，当父亲对儿子的行为和观点不满意时，父亲还是可以毫无顾忌地发怒，指责儿子。这显然与朋友关系大相径庭。所以，虽然形式上是平等的，仿若一对朋友，但儿子始终忌惮父亲的权威。因此，儿子在父亲面前常表现出惯常性的谨小慎微，处处透视出对父权的尊崇，这是儿子能够表现出的对父亲的爱。这也使得父亲与儿子在肉体上最有亲缘关系，但在灵魂上可以说是距离较远的，与陌生人之间无异，甚至因父亲对儿子的错误判断而导致比与陌生人之间的距离更大。儿子的灵魂对于父亲来说是隐藏的，这是忌惮可能会与父亲发生冲突。事实上，儿子隐藏灵魂多半由于形势所迫，这对于涉足艺术或者其他一些在父辈看来非常陌生的领域时尤为如此。

这条隐藏之路，就是儿子抵抗父亲的威权之路。儿子苦心孤诣，一步步地脱离从孩提时父亲的绝对控制。他成长为殊于父亲的另一个完整的个人。这是人本身的胜利，这是个性的胜利。从父亲身上发现弱点并规避，从生活的磨炼中发现生活的真意与智慧，从历史的典籍中发现营养，通过这种种完善自我，成就自我，最终超越父亲，超越历史，这种完成、树立自我的过程是一条真正的人性之路。感谢父亲给了我生命。古希腊人介绍某人时，常称某某的儿子，我们当也如此称呼彼此才是。是父亲给了我们历史环境，而在这历史环境中，我们胚芽一般渐次长大。在这困难时代，灵魂尽管扭曲，肉体尽管残破，但心灵毕竟是完整的，是高尚的、强壮的。这种心灵才是健康的，是这时代亟需的。

2009.1.1

理想主义者的爱情观

爱情是什么？我感到它是非常奇怪之物。那些黑暗中的情感经历是否是爱情？少得可怜的微弱之光，也为大量的痛苦所掩盖。

一见钟情是否是爱情？我对此感到怀疑。我质疑的原因是：外表如何在极短暂的时间呈现心灵的机关，即通过初始印象立即就能知悉她的内心并爱上她？而爱情的本质却不是如此，它是情感的归宿，情感之家。

人们通常渴望爱情。美丽而安慰人心的爱情实在值得人们去虔诚期待、追求。但对于一个理想主义者来说，爱情却令其诚惶诚恐，唯恐情感之家威胁到他的存在之家。须知，一个理想主义者，其存在的最大价值在于完善自我乃至改善社会，渴望成为他所处时代的一个批判建设者，一个引路人，一个旗手。而通常，她们与他并不匹配，或，在他接触到的女人国里面的女子与他并不匹配，即他如果轻易地动感情则意味着伤害别人和伤害自己。伤害自己，是指在爱情幻灭后，他作为沉迷反省的人，痛苦自不可避免。

他必须解决一个问题：爱情是否会影响自由？这取决于双方：一是他个人，他的自由观是否因爱情而主动变异；二是爱情的彼方，她，是否完全依附于他或完全独立于他。前者，对于顽固于自我并认定自我的人来说，他绝不轻易做任何改变自己本性的事情（自我并非不应改变，恰恰需要改变从而臻于健全，但其改变的前提在于心悦诚服地接受外界的影响）。因此，他只有一条路：选择爱情的对象。这导向后者：他必须选择那些能够完全臣服于他的女子，或能完全独立于他的女子来恋爱。这是非常实际的考虑。

一个理想主义者通常在爱情之外，因而得以观爱情之全貌。一些理想主义者完全摈弃爱情，因其视存在之家为其毕生使命，其所有的情感均献之于其事业。事业成了他的所有归宿，包括爱情归宿。最纯粹的例子如康德。另一些理想主义者则没有完全摈弃爱情。归纳原因是他们的事业与爱情存在部分交集。（当然，所有的理想主义者都应该与爱情有所交集，此乃人之本性使然。这里，仅仅做抽象的归纳。）前者，因强大的无视爱情而幸福；后者，则常常痛苦不堪。前者，因无视爱情而专注于建设他们的存在之家，而使他们的存在之家变得纯粹；后者，却使他们的视野变得更为开阔，他们的艺术作品中充满了爱情的篇章。

一个理想主义者，首先应该是一个个人主义者——他自我，而又不唯我，因为一个时代最值得发展的是个体的心灵。只有心灵健全才有永恒的意义，且能代代相传。而经济建设却可能是副作用的。只要个体的心灵是高级的，只要个体存在，他的家园就从来不会丢失。这是我对理想主义者的一个脚注。

因此而言，理想主义者的上述爱情观念是诚恳的，出自良心的，是反思或谨慎选择的结果。

2009.5.9

父亲的电话

接完父亲的电话，我只能苦笑：我害怕父亲的电话。每次接到父亲的电话，心情都变得极度颓败。如果儿子可以告父亲电话骚扰的话，我将去投告。可我怎可以置父亲的感情于不顾呢？况且，我又如何不理解父亲此番寄情于我之切切的心理呢！一个跌落尘埃的家庭，对于希望之渴求又是何等之强烈啊！

父亲差不多每周给我两次电话。询问的内容无非是我的工作如何，是否交了女朋友，现在在干什么之类。这些问题，程式固定，久而久之，如同一则没有艺术感却不断播放的广告一样，叫人抓狂。我只能支支吾吾地回答父亲，简直不能叫他高兴。他希望我能挣更多的钱，尽快改善生活条件，将破败的家庭改头换面，彻底洗刷掉家庭在乡里的耻辱。在外漂流、寄居的生活让他内心悲凉。他将希望寄托于我，至少，我是他的希望之最大的载体。他至今仍辛劳地工作着。

当然，他也知道怎样保存自己，怎样快乐一点。他比我母亲聪明多了。

我时常想，如果没有发明电话就好了，或者电话的资费再高一些。那样，我或许可以更自由一点。但父亲的电话是一个严肃的伦理问题。一个选择远离父母的年轻人，父母只能通过电话接触到他。所以，电话沟通就成了必然要发生在父子之间的事情。

父亲为什么不喜欢写信？难道仅仅因为在外漂泊不定而觉得收信、发信比较麻烦吗？如果能写信沟通，我不知道那将是怎样一种情状。也许，我们之间的沟通效果要好得多；也许，我会让他知道我的一切——我的风险事业。不管他支持与否，我或许会告知他所有。这也许就是白纸黑字的好处。文字尽管可以如同说话那样支吾，但难度要大得多，特别是面对亲人，如何白纸黑字去扯谎呢？这岂不是大逆不道？而打电话则不同，我可以选择沉默，简单化处理，跳跃性处理。父与子通过电话保持紧密的沟通，其实成了一种形式和禁锢，并没有达到预期的效果（从父亲的一方来看），常常是事与愿违的。如此，现代父子的电话沟通也就不及古人的一月半年的信件沟通更为有效。现代父子比之古代父子的关系可能更加疏远：父子表面上沟通极其频繁，使用的工具极其先进，但有时候沟通却沦为无效的沟通。

父亲掌握了一些关于儿子的信息，但又不是完全的或完全可信的。儿子作为父亲"掌控"的一个"囚徒"，超越时空地被父亲强烈地干预。父亲是一个关涉压力的词，是一个可以命令你的人，一个有权时刻指责你的人，尽管你认为自己正认认真真地活出自我，正一步步地朝着理想迈进。但父亲是不知道的。父子的未有效的沟通，使父亲掌握的信息是不完全的。儿子将其最有价值的信息隐藏起来，报告父亲某些他愿意告诉的。由于这些信息过于小儿科，使得父亲对于这些信息有足够的驾驭能力。父亲觉得自己有足够的资历来品评儿子，在他眼里，简直可以据此判断儿子是一个彻底懦弱无用的人。因为，儿子显然还没有超越父亲，显然浑浑噩噩毫无方向感，毫无斗志，似乎完全没有成功的可能。这时，父亲的干预之心立即陡增，儿子更进一步地成为父亲眼中的"劣等品"，成了"操心"的对象。这既加剧了父亲的悲苦，又让父与子之间的恶劣关系雪上加霜、恶性循环。这种处境中的儿子会更加不好受。

儿子的追求是非世俗的，是形而上的，不可以金钱来衡量，即便失败也有伟大的意义。但父亲的要求（父亲的要求其实也就是代表整个社会对儿子的要求）是世俗的。社会对于个人的世俗要求，如有钱、有房、有车、结婚生子等，是一种拖后腿的举动，是一种无形而又强大的压力——它是这个强大的世俗化社会的惯性或势能。面对这样的压力，有能力抵制的人，才是最为勇敢的人。

2009.5.10

象　棋

　　在我居住的社区，我时常看见一堆男子围绕棋盘的风景。在下班归家时，在周末或休假时，固定的地点及差不多的时间段，这成了常演不衰的情景剧。

　　男子们，大多中年，也有不少青年，还不乏几个"白头翁"，他们或是参与对弈，或是围绕观望。有时，观望者也会品评、指点几句，虽有"观棋不语真君子"之说，但这些本就熟稔的对弈者、观弈者并不在乎。对弈者，或仍按自己的思路，或接受观弈者的"指导"，这使得不论是对弈者还是观弈者都是这一盘棋的参与者。这小小的角落、环形的人群，充满了高密度的思考，每个人如此专注，仿佛参加一次高级军事会议的将领们。

　　他们为何选择了象棋？为什么是男子们？……我想：棋与男子是匹配的。象棋，中国象棋，每一局都是一次军事路演，如何运筹帷幄，如何指挥军马，事关成败，更兼荣辱。

这种爱好是男子普遍偏爱的，不论他们的棋艺高低。事实上，据我观察，这些对弈的人棋艺大都相当不错。因为对弈者经常更换，今天是这一对，明天是那一对，反复切磋，经常琢磨，导致每个人的技艺看上去都不逊。这让棋艺不能说差的我也不禁暗暗吃惊，因而对他们不觉充满敬意。而一些技艺不那么出色的，则在一旁安安静静地观摩、学习。亦有个别技艺超群，又清高地不轻易出战。

　　这些男子，大都是辛苦的外来务工人员。他们平时干着苦力，回到家，趁妻子饭菜还未准备停当的间隙，加入观棋或弈棋的队列中，这脑力活动成为他们的休息方式之一。对于他们来说，这种娱乐方式是让人愉快的。要是赢了几局更难免嘚瑟起来，因为这能显示出自己在智力上胜人一筹；即便输了，也不打紧，"马有失蹄，人有失手"，下次再扳回来。

　　这些男子中，也有不少是平时多闲的当地人。这些人通常任何时间都可以下棋。而且，我们知道，这些当地人经济来源强大，他们消闲方式也多种多样，但为何选择下象棋呢？我注意到，一般都是当地的"下层人"或老者才喜欢这种消遣。这些人地位不高或曾地位高而今已逝去，所以容易与外地人打成一片，相处融洽。

男子们凑成一堆，棋子铿铿锵锵，观者咿咿呀呀，过路者时常也会停下自行车，伸长脖子观看。倘若棋局精彩，则干脆将自行车撇在墙边，全心全意地加盟观者之列；若棋局结局已过于明朗，或对弈者技艺不高几招便能看出，则会很干脆地翻身上车，回家去了。

下象棋不完全等同于一种戎马倥偬的军事生活，因而我们不能推导这些男子是因此而热爱下象棋的。热爱下象棋的原因复杂多样，但不外乎这三者：其一，对谋略的热衷；其二，为了满足自己的好战、好胜心；其三，纯粹喜欢这一游戏。下象棋，本身就是一种以智谋为基本要素、以模拟军事对抗为方式的游戏。但在实际生活中，这三者任何其一均不能完全吸引这些并非经过专业训练的平民人士，即如果只有谋略，则这些于生活中挣扎的男子们无暇且无心思去实践，同样，对于军事，这些人士亦无法专业从事，遑论纯粹的游戏了，这种奢侈的娱乐是远离他们的生活的。然而，三者合一，以一种军事、谋略游戏的形式，则赢得了这些男子的普遍青睐。

这三者是如何表现在男子们心理需求层次上的呢？就

我的感受，这些男子首先是对谋略本身感兴趣。应该说，他们有着借对弈达到证明自己聪慧过人的潜在心理。谁不希望给人聪敏的印象，借此获得别人的赏识和尊敬？这些男子虽然处在底层，被贫瘠的生活条件和机遇限制，但是心理的蠢蠢欲动的能量不会少于其他阶层。其次，这些男子热爱对弈是因为他们渴望战胜别人。当他们渴望展露自己的聪敏的时候，渴望胜过别人的心理就自然而然了。象棋，是模拟军事的一种游戏，而军事是一种最为激烈与残酷的竞争。对竞争或胜利的热爱是男性的特征之一，是男子比较显著地区别于女子之处（单个男子与单个女子区别可能并不明显，但若以男性整体与女性整体作对比，却分明得很）。

但又应该注意到，象棋诚为男子们热衷，但其游戏性又显示出非常荒诞滑稽的一面。可以说，下象棋的本质就是一种游戏，即弈者通过谋略、战斗的方式而获取的胜利是虚拟的，是可以推倒重来的，并不能改变这个世界。而且，下象棋是一种非常格式化地处理世间（象棋假设它所处的时代是战争年代）竞争关系的游戏，它不能反映真正的社会生活，尤其是当前和平年代里的那种竞争方式过于复杂的社会生活。

所以，象棋沦为消遣工具。而通常情况下，真正处于竞争状态中的人恐怕总是忙于处理他所在的生活场中的事务，忙于赢得一场生活竞争（比如各种类型的事业），而无暇玩味象棋。而且，如果一个人忙于在生活中取得胜利（成功），他对象棋这种虚拟的竞争性游戏的热爱是否会大打折扣？我想应该会。他会有点轻蔑那些下象棋的男子们，觉得他们没有出息。

由于这第三点——游戏性，使得男子们不论何种原因热爱象棋活动，看上去都有些悲凉。因为，下象棋的游戏性，决定这种活动本身不是改变世界的方式。那些对弈的人，以及围绕对弈的观望者成了既可怜又让人动容的一群人：他们可能在残酷的生活竞争中被边缘化，已没有那么强烈的欲望要在生活中击败那些潜在的竞争对手，他们对于当下的生活已安之若素，已完全满足当前的生活状态，对于改变已无能为力，却依然渴望在虚拟战场赢得胜利，借以取得哪怕是虚幻的成功。他们好像通过这种方式转移了社会赋予男性的拼争精神，通过这种方式勉强保存了他们作为男性的本性。

下象棋，在看我来，除专业从事的情况外，总笼罩着一团酸楚的悲剧氛围，如同一个侏儒被一个巨人痛打，在竞技场上被追赶得惶惶如丧家犬，却不举起白旗缴枪投降。在生活的战场上，他们本能地捍卫作为男性的最后尊严，尽管只能在一方小小的棋盘上实现。

2009.5.29

孤独这枚硬币

孤独是一枚硬币。凡硬币皆有正反两面，且正反两面应相异，否则便无所谓正反。正与反，首先必须先行定义哪一面为正，哪一面为反，否则正与反也不存在。正与反只有在人类如此定义之后才形成了正与反。比如令正代表好、赢、胜等，反代表坏、输、败等。但是正与反有何意义呢？毫无意义！

孤独是一枚硬币。它的正面是什么，它的反面是什么？也即孤独的好的一面是什么，坏的一面是什么？在我们这儿，人们对孤独还认识不清，普遍认为孤独只有坏的一面，对其好的一面毫无认知或认识过于片面、肤浅。绝大多数人认为，孤独的坏的一面是孤寂的独处而导致的痛苦，这时交流稀缺、孤立无援，如同被囚禁，是人所无法忍受的，是人所无限惧怕的。因而，他们极力逃避孤独，视孤独如危险品，远离它，逃到人群中，习惯了心灵的嘈杂。

但孤独是一枚硬币，它是有正面的。随着思考日益进入某一部分人的日常生活，孤独就一直在强有力地发挥它理应具有的能量。孤独能帮助人们过一种靠近心灵的生活，使人们拥有随时随地思考的条件。此时，他们的心灵是纯净的，绝无人世之污染与叨扰。他们并非要忽视人群，同样可以走向人群，观察、搜集素材，然后回到居室整理、消化。他们可以将这些素材磨而又磨，磨成闪闪发亮的圆润物。孤独对一个人来说，是其取得对某物进行思考的必要条件。对孤独的理解和应用的程度，将决定一个人思考的深浅。事实上，孤独的价值完全可以与思想的价值相媲美。因为前者是过程，而后者是结果。

孤独是宇宙的本质。无机物是孤独的，大地、山脉、石头、煤炭等无不是孤独的。它们总是沉默着，偶尔的言语表达也显得迅疾和不可理喻，比如地震，比如火山喷发。没有人说，无机物不是幸福的。有机物中，植物是最孤独的，它们静默着，它们的话语通常会在春天痛痛快快地说完，然后便见它们保持着处子般的恬静。没有人说，植物不是幸福的。低等动物也是孤独的，虽然嚎叫或发情期的时候也有，但总是短暂的，大部分时候它们安静地散步、打盹，安静地打量天空，安静地欣赏水中影。没有人说，动物们不是幸福的。孤独的还有我们这个星球，整个宇宙以及充斥其中的其他星球、以太。这些莫不是孤独的，莫不也是幸福的。孤独和幸福的本质是事物无限地接近它们自身。因而，无机物、植物、动物、星球、宇宙等都是既孤独又幸福的。

万物皆是孤独的，人类怎可以例外？人在什么时候无限接近他们自身？是在求爱的时候吗，是在喧哗的时候吗？不是！是在静默的时候，阅读的时候，深夜失眠的时候，工作的时候。可以发现，这些时候都是孤独的时候，都是单个个体面对自身、面对上帝的时候。

2009.5.30

周末诗人

不得不庆幸而又悲哀地说，周末还是属于诗人的。除此以外的时间，他要为与他的心灵常相龃龉的工作操劳。有时候，周末他日进千里，在艺术上收获颇大，但到了星期一他便要折断他的进展，转而走在上班的路上，听城市之脉搏上的嘈杂，做烦琐的、无兴趣的、只为了糊口的工作。

周末诗人，这个概念表面上看问题不大。但事实上，它是非常残忍的。周末是美好的，这时是诗人的思考期、创作期，诗人可以在艺术上有所作为。但是这样的进步常常被工作日打断，而下一个周末则很可能出现原地踏步甚至倒退的情况。特别是，我注意到，在工作日与周末之间还有一个缓冲地带。这个地带甚至让我们忘记诗人的身份而沉耽在世俗的欲望中。因为一个诗人，如若不借思考和创作达到自信，则他在世俗生活中是很悲惨的。（对于"功成名就"的艺术家来说，他们可能不以为然。）缓冲，即意味着进步的速度是缓慢的，它慢慢靠近目标；还可能遭遇失败，达不到目的。因为周末是固定的，成功的缓冲是艰难的、偶发的、碰运气的。青年艺术家还处在过于脆弱的阶段，他的内心还无法稳固，他容易气馁，容易灰心丧气；他常常需要吮舔伤口，修复自己；他容易产生世俗的欲望，对抗它他势单力薄。唉！除了被迫做周末诗人，谁愿意主动做呢？谁会说这是一个浪漫的称呼呢？谁又知道这个命名下面，这诗人，是怎样挣扎、痛苦地度着他的炼狱期的呢？

既然为生活所迫，在很长时间内还得做"周末诗人"。我就得好好思忖如何才能做一个尽可能丰盛的周末诗人。毕竟，我现在还无法改变这个偏正词组的冠名，我是多想将"周末"这个定语除掉。我发现，做到如下两点方可有效地对抗这充满变数和危险的缓冲期：

其一，从内心里认定自己为"周末诗人"。在未认定之前，"周末诗人"是我自嘲的一个命名，常常偶然性地用在自己身上。它的定位是任意的，涵义也飘忽未定。但若坚定地定位自己为"周末诗人"，则应明确告知自己周末是属于"诗人"身份的，周末应该为心灵而工作，周末应该以思考与创作度日。这种定位如同作息时间表，如同军事管理，使自己能在一定时间内快速地站队到"诗人"的本质要求领域。这样就不会给自己任何妥协、退让的机会，也才能最大化地规避为世俗之欲、自身多愁善感的毛病所戕害的可能。这是保证来之不易的周末能够充分地完成诗人既定任务，保证诗人在如此险恶之生存条件下仍在艰难前进的方法之一。让每一个周末都使诗人之花完全开放。

其二，工作日应该服从周末，且应该合理安排工作日。工作日从道德的层面来看，它在工作时间内应完全属于雇主。为了不使自己的良心不安，在这八小时内应该尽职工作。尽职工作也是为了保障收入的稳固性，也是为了累积未来能够实现自由的资本。每天应 5:30 起床，锻炼身体至6:00，为的是使自己脆弱的身体能够对抗目前分裂的痛苦。7:30 出发去公司，在车上听听音乐，或打量周围的风景，这时大脑基本处于闲暇状态。9:00 之前解决完早餐并到达公司，一直工作到 12:00，这段时间务必牺牲掉，以创造世俗的收入。中午 12:00 至 13:00，午饭时间及少量休息时间，对于繁重的工作和生活应小心翼翼地保护自己。13:00 至 17:30为工作时间。准时下班，尽量早一点回住处。由于下班属于堵车高峰时段，尽量在 19:30 之前到达住处。20:00 之前解决完晚餐。回到家先闭眼休息半小时，然后再投入"工作"，看书，思考一些主题，记一点笔记。22:30 左右洗漱睡觉。

2009.6.13

选　择?

　　这世上可否有选择? 许多人会说, 一定是有的。但我要探讨的是, 选择终究还是被迫的结果, 也即是必然的。如果说选择是必然性的, 那么我何以能再言称其为选择? 若我们从真正意义上言说选择, 就不会是过于随意地选择ABCD中的一项或多项这种荒诞虚妄的形式。但是, 这世上总是充满了草率的选择、轻佻的选择、肤浅的选择。也许, 我们的生活就是在草率、轻佻、肤浅地掷骰子吧!

　　那必然性的选择显然已不是选择, 而是一种必然, 一种人生的惯性, 虽然时常以拐点出现。在人生的十字路口, 面临抉择, 或许选择的确存在, 以一种入口的形式, 以一种假象, 而在更深的层次内则表现为借此进入思虑。思虑是选择的前提, 但思虑又会改变选择的性质。思虑的选择对象是一、必然; 思虑导向唯一性。所以, 当你需要选择时, 唯一要做的事情是竭尽所能地思索, 必须改变选择的性质, 使结果具有唯一性。这是理智之人的要求，也是防止吃后悔药的有效方法，还是严肃对待生活的方式。

2009.7.8

作家与间谍

现代社会中的一类作家，比如卡夫卡、佩索阿，他们工作的困难程度如何呢？我觉得，其难度比潜伏到敌国或竞争对手阵营中的间谍还要大。

间谍，非常巧妙地混入敌营，因为一开始就按照计划行事，巧妙的程度恰跟难度成正比。他非常困难地过渡到工作的地域，在对方的"阵地"开始工作。他巧妙地赢得对方的信任，他既需要又嘲笑这种信任。然后，他颇费周折地搞到了"机密信息"并传递给"自己人"。

间谍看上去是一个分裂的人，因为他既为对手工作又不为对手工作（本质上不是），他既为"自己人"工作又不为"自己人"工作（形式上不是）。似乎，他就是矛盾的产物、矛盾本身。间谍的存在无疑是一种困难的存在。

而我所意指的某类作家何尝不是如此，甚至有过之而无不及。首先，存在之艰难让他们没法选择，这不像间谍是其自主选择的结果，因而这类作家看上去就像是苦命的天生间谍。其次，作家的工作是真正的不统一。间谍是利益有直接冲突的两方或多方之间的一颗棋子，他通常处在矛盾纠结中心，但从他的行为本身来看却是按照章法纹丝不乱的。一般情况下，一个忠诚的间谍人员的行动指南是明确的，即窃取对方机要以为己方使用。虽然间谍工作难度很大，危险性很高，但这种工作设置使得谍报人员显然不会人格分裂。但这种情况却不曾那么好地发生在作家们身上。作家虽然也类似于生活在"敌方"的阵营中，也可能涉及机要，但敌方的机要，可能非但没给作家好处，反而会扼杀作家们的生命自由，吞噬作家的生命精力。

总之，实际的情形就是他们被迫因于此在，过着一种苏武牧羊式的生活。此在是苦难，自由在望眼欲穿的地方。此在是一种痛：生命依旧存在，但身心充满残缺。作家活着，为"敌方"工作又不为"敌方"工作，他们貌似工作而实际上本质不在这里。他们形似一类间谍，但他们对"敌方"的机要毫无兴趣。这使得他们的行为显得矛盾、混乱。他们的这种惨况确实比真正的间谍残酷许多。但，但，作家也许才是真正的间谍，他们窃取了生活荒诞的真相，他们的文字就是他们公之于众的揭秘资料。

2009.7.21

加 班

闹钟依然定在早晨七点钟，虽然今天是星期六。最近每天都在闹钟响起前一两个小时醒，之后照例是懒散或思想涣散一阵，继而坐在写字台前看书。读了近一小时，又有了睡意，便躺到床上继续睡。闹钟响起，关掉，接着睡。再次醒来，已八点多了。洗漱。整理仪表。来不及早餐，就提着公文包，迈着疾步走向公共汽车站。

昨夜下过雨，道路上还囚着雨水的"残羹冷炙"。一条街道，有两三百米长，我通常每日早晚经过。它被我称为"生活的街道"，裸呈着生活最为真实的部分，它裸呈着生活。街上的成年人，个个被沉重的生活打上烙印，我切身地为他们的痛苦而痛苦，也为他们的快乐而快乐。街道脏乱，门脸都是一层，显得过矮。我从这一切穿过并把他（它）们细细打量。

穿过一条线绳般的窄巷。从外省来的底层人占据了两边

　　　　　　　　　　　　　　　　城下笔记

门扉之后的一间间最小仅六平方米的房间。这些人活着，也许快乐偶尔也有，但好像有一股气憋在胸中。

再拐，再走，到了东四环路上，沿路往南。小心十字路口，每一条宽度超过一辆轿车的小路都要倍加小心。

又是一条街道。这条街道比刚才描写的那条要长得多，我甚至不知道它向东延伸到哪里。虽然，我可以通过公共汽车站点的提示了解，但我对这些陌生的地点完全无概念。

这是一条怎样的街道呢？现在我打量它。它很窄，两边是两道去年为迎奥运新砌并粉刷一新的围墙，很高，墙上依次有门洞，门洞外放置零星的广告牌。但因为门洞众多，广告牌总体数量壮观，门洞后是一些灰败的门店，它们组成了一条奇怪的街道。

公共汽车站。一个"目"字形铁架，上面垂放着若干站牌。车站边的双车道上滚动着稠密的车辆。

我坐的车带有空调。到达目的地的车费是一块二。乘务员手持黑色的读卡器，大声叫着让没有付费的乘客付费。肯定有漏网之鱼。瞧，她有些气急败坏。她怀疑有两个人逃票，但她不知道是谁。所以，她声嘶力竭地向所有人催促着买票。

在光华桥附近下车。穿过公路走到对面，沿垂直于东三环的一条路向前走。等红绿灯，当绿灯亮起，你依然会眼朝两边小心打量。J中心到了。此前我已来过一次，因为同样的原因，作为采编参加一个"创投"会议。会议已经开始，我的一位女同事早已到了，并给我占了座位。女同事比我小两岁，浙江人。我的另一位同事，曾打趣说要促成我们，被我婉拒了。她似乎已有男朋友。她说话总给人夸张的感觉。她长得还可以，对我挺热情。大厅里估计有三四百人，有人在台上演讲。

我收到一条短信，我的上司告诉我，他已经到了。他这个礼拜都在西安出差，才下飞机赶过来。他是一个刚从美国回来的年轻人，三十多岁，祖籍南京。他坐在最后一排，我起身过去和他打了招呼。

我的女同事考虑到我们已来了三人，便决定自己先回去，因为她已经非常漂亮地完成她的工作了，即把公司印刷的一些宣传材料，在开会之前往所有嘉宾席位上摆放。她留下的空位我招呼我的上司过来坐下。

会议相当精彩，但我觉得那是另一个世界的事情。他们谈经济，女士们甚至比男性更慷慨激昂。她们针砭时弊，指点江山，指出我国经济的出路。这使我由衷欣赏。但他们在另一个世界，他们属于另一个世界。星期六，我不属于这里。

他们的每一句话，在这里的每一个人，在这里的每一时每一刻，我被他们逼入死角。这些话被我听见了，我并不想听见；这些人被我看见了，我本不想见着。他们是正确的，错误的是我。我讨厌这里，我讨厌我自己出现在这里。我讨厌璀璨的巨型水晶吊灯，我讨厌他们说的每一句话，即便我认为他们言之有理。他们的确属于另一个世界，如同山峰一样，他们是另一座山峰，他们已显示出高度，而我却还在另一座山峰的山麓。

说说我身边的这个人吧。他是我的上司，我们认识不超过三个月。他三十多岁，留过洋，频繁地回国。据他说，他的妻子在美国，他的意思是已经在美国安家。他跟我说过美国的情况，他的观点是在美国打一份工，可以活得很滋润，但是要想成大事，还是得回国内发展。我对他能有如此抱负自然是非常敬佩的。他有些钱，但不多，所以他工作勤奋，再加上他的妻子又不在身边，他显得非常专注，全力以赴。在公司，他不拿固定工资，而是承担公司所有的财务顾问项目，独立开发运作。他倒也尽职尽力，在工作精神方面，我对他是完全欣赏的。

他此刻坐在我旁边，偶尔歪过头与我耳语几句。他今天穿着格外"职业"，西裤配衬衫，打着领带。这几天他在西安与一家当地企业面洽合作事项，今天早晨"打飞的"直接赶赴这个会场。

他对我还不错，甚至请我吃过好几次饭。因为我在公司是专门负责项目收集与整理的采编，他迫切想使我更加卖力地干活，这样，公司或者说他的业务也许会出更大的业绩。是啊！这种"发财梦"做起来当然香了。可是，当初就连做项目采编的活计（除此以外，公司还有其他烦琐的工作）已使我由衷感到人格分裂了。牺牲自己是无处不在的，而且我也把这当作我了解这个社会的途径。但是，我讨厌我的业余时间被掠夺。我讨厌在下班后接各种业务电话，我讨厌将本该在工作时间内完成的工作拿回家来做，我要利用业余时间阅读更多的文学书籍，我是一个文学的边缘人，我如果要进步，要使我的能量更充足，就必须日复一日地往我的心灵加添储备。这种每天的温习、阅读、写作，是我对抗目前这种过于分裂的生活的一种强有力的方式。我不能妥协了。这个发财梦有些飘渺，过于繁重的工作对应的应该是给予我更高的薪水，我的牺牲不应如此廉价。现在，我不过是向这世界显示我最拙劣的一面，我无法双面玲珑。

中午草草吃过午饭又回到会场。趁会议尚未正式开始，我便与嘉宾以及一些参会者交换名片。这个工作倒可以接受，看看这些人都是些什么家伙。遇到有意思的人，还可以聊一聊，另外，还可以认识许多年轻漂亮的女孩子。会议又开始了。我的讨厌黏稠了一些。今天是星期六，如果上午参加了这样一个会，下午属于自己尚且能容忍。可是这会又开始了。我讨厌听这些经济化的言辞，我讨厌做笔记，这等于强奸自己的大脑，我讨厌提问，我的上司在会议结尾互动环节提了一个很不错的问题，我的意思是，通过提问恰到好处地宣传了一下公司和自己。一切是如此令人讨厌。我更讨厌我出现在这里。

会议好不容易终于结束了。一天的时间倏忽而过。上司与我一同步出这家豪华酒店。他要回他的住地，我要回我的小窠。这很好。但是一天就这么被侵占掉还是让我的心情非常灰暗。这不是怜惜生活中的某一天的白白流逝，而是一种对生活之残酷的亲身体味，是对理想与现实之古老矛盾的悲叹，也是对人何以为人的愤懑。人，是多么地可怜、卑微，人不得不为了生计扭曲自己。这就是人。有时候，痛苦与失望排闼而来，不可遏制。

步行数百米到了公共汽车站。天空灰暗，可能马上就要下暴雨。今天本就是"桑拿天"。站台上人很多，但比工作日少多了。上了车，没有座位，过道狭窄，只有一个门，幸好有空调。我站着，挨四周的人很近，尤其挨对面坐着的女孩子（由于她坐着，我只是挨近她的腿和膝盖，而相互的脸则保持着距离，彼此打量着）很近。车外昏暗，要下雨了。我有所哀思，为这生活；我脸色蜡黄，好像已经病得很久了。我何时因这生活幸福过？过去的已经久远，未来的还仿佛无期。爱情也不在场，一切只是一个人的固执和战争，充满烧焦的枯木的干燥味道。有一种老单身汉，他们身上的味道不一样，也许我已有了，没有将来也会有。微小的水珠打满了车窗。雨来了，越下越大；雷声闷响，节奏不紧不慢；闪电，照亮眼前，但又不知在何方。车在雨中疾行。今天是星期六，没有像往常那样堵车。雨密集地下着。随着下站的人越来越多，我越向后挪去，后来，我有了一个座位。我靠着，大腿与身躯之间的夹角已呈能允许的最大化。我闭上眼睛，打开手机听音乐。

雨仍然肆意下着，只是天空明亮了一点，可以看见车外的垂柳被雨水浇淋，闪电在前方划开天空，雷声响亮。我在车门自动打开的瞬间撑开雨伞。我每天携带着这把短伞，今天终于派上用场了。雨水立即大面积地击打在雨伞上，使雨伞变沉。凉湿的气息四面扑来。几个闪电乱闪一气。雷声隆隆。这真吓人！赶紧回家，此地此时不宜久留。这条街道就是我上面描述过的，现在，它已成为水道，很多地方淹了，有些地方水淹的深度超过了皮鞋的鞋帮。闪电就在附近什么地方闪亮，雷声就在附近什么地方震天响，让人以为就在头顶。

我想到被雷击而死，感到恐惧。林荫道上的这些参天白杨树，是引雷的好天线。如果被雷击而死，这种死多么廉价！星期六，本该待在家里，看书，写作，可是却去参加了一个兴趣索然的会议，在开完会回家的路上，被闪电击中而死。这死何其荒谬，仿佛一头牲畜的死。我从小惧怕打雷，这会儿这种恐惧感比幼时更加浓烈。现在急着赶回家太困难，有那么远的路呢！只好先避避雨。我走进一家香烟商店，不是那种高级的烟酒专营店，能从这家店里看见各种规格的性用品。我要了一包香烟、一只打火机。售货的是两个年轻的女郎，打扮清凉，其中一个已为人母，怀里抱着一个小孩。我望着门外的雨中世界，沉默着。

院子内是一片泥地，隔离墙就在前面——横亘在眼前。一个扇形门洞，通向街道。白杨树间的天空频频闪电。树叶颤动，被雨水清洗得更绿更亮。我没有吸烟，那个小孩还在。雨仿佛小了点，我便走了出来。不过，我的判断让我失望。外面的雨依然很大，雷声也没有减小。我不打算返回刚才去的那片小店了，急急地往前赶，赶到一段没被淹的街道快步走到对面，沿墙根赶路。可走了没多远，道路就被雨水截堵。我在一间叫作"周易算卦"的小店外徘徊了一会儿，最终没有走进去躲雨（其实是避雷）。我决定绕道回去，从另一条小路回家。雨似小了一点，但雷声的频度和响度并没减弱。天空依旧暗淡，因为已是傍晚，说不好是傍晚天空的原色，还是在酝酿更强劲的雷雨。这条小路两边的行道树是槐树。寂静的小路通向一片厂区、一些农田和一个小区。走完这条两三百米长的路真叫人心惊肉跳。真怕雷神迎面跳来，用白色的绳索勒住我的脖子把我带走。我该死吗？我说不出雷神不该劈死我的理由。我又跑进前方的一家小超市，躲雷雨。

　　这家小超市门前汪着一片浊水，不知深浅，我要回去，必须蹚过它。我只能脱掉鞋子，光脚走过去。等到雨足够小了，我提着鞋，撑着伞，走了出去。虽然赤脚接触着大地，接触着雨水的感觉太好了，但我也没法儿高兴。雷声还是偶尔在身边响彻，闪电也似在不远处跳跃。

　　这边已是郊野了。我穿过一个地方，右手边是一些住房，左手边是一片覆盖着白色塑料膜的大棚。再往前，穿过一片贫穷的、在这个城市地位最低的捡废品人的聚居区。那是一片高大的白杨树林，林子里有一排小屋，废品、垃圾遍地。如果没有雨水的冲洗，这里的味道会相当难闻。我小跑起来，因为身上有背包，又撑伞提鞋，更因为赤着脚，我小跑的姿势有些滑稽。一个母亲领着两个小孩，也在路上疾行。我的姿势竟惹得那两个小孩嬉笑不已。我回馈他们一句"雷雨天气，避免外行"。我推开铁门，终于回到住处，但给我的打击刻骨铭心。

2009.8.1

给镜子兄的信

镜子兄：

蒙兄不弃，又回到我的身边，真令我快慰。没有你的日子实在有诸多不便。请听我细陈，也希望兄以后多少改变些你那火爆脾气，不要轻易动怒。我知道你性子直，一旦生气，往往气脉偾张，你身上的疮口恐会爆裂。我深为不忍，但望多有得罪的地方，兄谅解为是。

我一直独居，兄是唯一的陪伴与知音。昔日，林和靖[1]"梅妻鹤子"，我寄寓城市，没有条件如此闲情野趣，更何况，我向来洒脱惯了，倒嫌宠物累赘；借酒浇愁，寄望于一醉方休，也不是个好主意，酒醉一时，总有一醒，更何况，我颇有自虐癖，痛苦中沉思，我的多首自诩尚能看的诗作多为痛苦所赐，因此我倒不稀罕酒；读书人通常以书为友，这

1　林和靖，即林逋（967—1028），北宋初年隐逸诗人。

在我也很是犯难，原因是我读书颇为庞杂，而且如今的书籍千差万别，参差不齐，所以也不好笼统地说以书为友，实质上只是离不开书罢了。总之，除却兄，天下难有兄的可替代选择了，兄实乃我生命中不可或缺的。

有兄与我相对，实乃人生一大快事。兄不善言谈，我也拙于口舌。于是，我俩相处多半时候各自看书，各自写作。偶尔看你时，不知何时，你已在看我了。我见你，脸面憔悴，胡子拉碴，眼睛黯然，叫我看得既心痛，又觉煞是亲切。而我在你眼里又何尝不是如此呢！与你相处，我最喜欢那份默契，这是与他人相处得不到的。

人生遇一知己足矣，而兄又与我如此臭味相投，真正是"相看两不厌"。在人生孤独时刻，在黑夜沉沉中思索时，兄总在我身边不离不弃，哪里会有不让人感动的道理呢。有时，甚至不免感慨良多。这世间，一份情谊是需要格外加以珍爱，精心加以养护的。而你我多么拙于唇舌，更何况情感越是深沉，倾吐起来往往越不得要领。而依托书信，付诸笔端，则要保险得多，于是我在夜深人静时给你写了此信，虽然你就在我身边安安静静地写作。

以后的岁月，我们当相互砥砺，而我也要改一改我那神经质的坏毛病，万不敢再惹兄身上的金疮又裂。

祝兄身体康健，笔耕不辍！

弟，敬

2009 年 10 月某日深夜

围 攻

　　乘务员执意要求一位乘客下车，理由是其携带了气泵（因车上过于拥挤，我没有看到实物），被乘务员认为是危险品。乘客与乘务员僵持着、"讨价还价"着——他可怜巴巴地请求乘务员允许他搭乘这辆车。乘务员并没有听从，认为该乘客若不下车，车子便不启动。不一会儿工夫，便有另一位乘客说话了，认为该发车了。乘务员并没有关门的意思，仍然坚持着。而那乘客因为不愿意下去搭乘出租车——他是个卖苦力的，不愿意花更多钱——就一直在车内不吭声地站立着。这时，另一位乘客帮那位苦力说话了，接下来，更多的乘客也帮那位苦力说话了。乘务员处在完全孤立的境地。她气呼呼地说，我是为了大家的安全，而你们却帮他。最后，她无奈地关门、发车了。

2010.3.30

贫民化生活

有人说：闲暇是做作家的条件。也许是对的吧。什么人拥有闲暇呢？贫民区的青年人拥有闲暇吗？这样说显然是奢侈的。但住在贫民区却是我写作的条件。

我喜欢看贫民区里的人和物，与我是没有分歧的。他们的窘迫之象生动地外露着，面孔袒露着沧桑。看到他们我能想到苦难的普遍性。我个人的痛苦仿佛也有了理由和奔头。我就像活在病院里，我由衷同情病院里的芸芸众生。贫民区里的人和物自然是与中产阶层及富豪生活的区域大不相同，我讨厌打扮得妖艳的女人用过于娇滴滴的声音说话，更讨厌奢华到纸醉金迷的生活。

而尤为关键的是，我并不是委曲求全地住在这里，也不是为了写作而到此"体验生活"，而是我只能生活在这里，生活在这里是我的命运。我不愿仅仅为了所谓的体面而去勉力强行住在中产阶层生活区，那样会更加令我的财政捉襟见肘。

目前的经济状况是我考虑、处理问题的首要因素。因为考虑到经济原因而选择相对贫穷的区域居住，这有点似猪在污泥中寻求快乐——人会逐渐失去奋斗的动力。然而，人的生活如何可以如此急功近利呢？人们往往追求结果，不在乎漫长的过程。其后果，很可能是，既得不到结果，又没有享受到过程中的片刻欢愉。人们追求各种外在的或物质的目标，而忽视了体会内在的或精神的宁静。只有后者对于个体有本质意义。在一片石阶递增的山腰小坐，让汗水被山间的微风拂干，眼睛望望山谷、绿树、浮云，又或者用手作檐仰望山顶，微笑地道一声：这山好高啊！如此，向上的生活也能如履平川。

2010.9.9

安贫乐道

  人因为贫穷而躲进一隅，正如乞丐一心为了吃饱饭而冷藏了其他欲望。对于写作者这未尝没有好处。这并不是自觉，而是一种被迫，扪心自问，当下谁又能强力抵制外界的诸般不良诱惑呢？然而，清贫却帮助了写作者，叫他面对诱惑而痛苦地闭上眼睛。对于他，那诱惑是过盛的、奢靡的，他无法去品尝，他的现状叫他无法贪婪。他面对种种切切的诱惑，而他没有条件索取任何一丝一毫，而只能叹息地闭上眼睛。诱惑便如此与他无缘了。而他也避免了在浅尝与贪婪之间因掌握不好火候而带来的危险，世人谁面对诱惑又能把握好呢？

  贫穷与孤寂成了一对兄弟，情同手足的难兄难弟。贫穷者掌握了大量孤寂来玩味孤寂，这大概也形似富足者拥有大量无聊时间而玩味无聊一样，只是后者选择的菜单更多而已，这也使其将无聊时间化作高贵的精神漫游的难度加大。清贫者大约都会逐渐掌握一门艺术。有人学会甚至精通了一种或数种乐器，有人出类拔萃地掌握了一门手艺，有人擅长发明各种新奇的玩意儿，有人甚至开创了一些新的艺术门类，等等。这都是由于孤独才养成的一种习惯，而习惯也是艺术创作的必要条件。只有习惯性地动手练习，习惯性地思考琢磨，才会不断创造出艺术的合格品，其艺术才能才会不断地提高，才会持续地从艺术本身获得幸福。

　　贫穷给人的孤寂是最实用的。它指向你必须超越孤寂。由于清贫，这种更多是精神上的超越便本质上给了人幸福感。这比物质给人的幸福感稳固、可靠。这就是人不该贪婪地追求物质，而应该安贫乐道的原因。

2010.9.10

背西而立

　　晚上九点，寒风肆虐。从城铁出来有一股人流会踏上一条东西向的街道。人们从东向西走，西边空旷，又无高楼阻碍，地道的西北风向向西而行的人劲猛地吹着。其实，短暂地在寒风中行走，并不特别感到天气的寒冷，尤其对于年轻人。公交车站就在前方二百来米处。街道北面从南向北依次是人行辅路、十多米宽的绿化带、围墙、小区，但绿化带没建好，秃露的沙地上点缀着等车的人随手扔下的垃圾。因而，这个区域显得十分空旷、萧条、脏污。一根黑色铁柱举着一块铁牌，这就是站牌，是颇具讽刺意味的 520（注意它的谐音）线路的一站。没有避雨亭，没有座椅，也就是说，没有通常在市区出现的那种广告亭，只有这个丫形结构的站牌，其构造之简单令人沮丧。

　　早有多位乘客等待在这里。女士比男士略多一点。女士中年轻女性较少，或较平时偏少。乘客们皆一致向东而立，等待着，其间不曾返过脸。520路车久久未来，这才体味到寒冬的滋味。寒风吹透羽绒服（我的羽绒服质量不差），竟能吹凉内心。我几乎能猜测寒风吹在他们身上的情形了。我们向东而立，如同几十棵"过了期"的向日葵，它们通常在收获时还处在青涩的年纪，但又多少染上了秋天的风霜。我指的是，那种蒙上了忧愁的一致的风景。

路上行人渐趋稀少，不多几个行人向西走来，有人显出痛苦的龇牙咧嘴形状。右边有一两辆"黑车"，但他们的收费略有一点高。这当然情有可原。这些所谓"黑车"的车主们，如果可以正当地干这活，也许可以弄辆大一点的面包车来专门运输，从而摊薄每个乘客的支出。

这些妇人在寒风中瑟瑟发抖。有几个似乎认识，扯着稀疏的闲话，但内容无非是抱怨天气陡然变冷，或埋怨自己今天衣服穿少了，为没穿厚一点而后悔不迭，或讲述自己刚得的感冒的情况，诸如此类。一位"黑车"车主因为久久没有乘客钻进他的小车让他有点生意，不得不打开车门，出来吆喝吆喝：去××，去××，五块钱一位……他穿得单薄，缩着脖子。我此时也讨厌他们要价太高了（路非常近，两站地）。这几十个穷人，零散在站牌边的群体，可怜地、默默地等待着。不被小车主的声音所诱惑，完全不为所动，小车主的吆喝声连耳旁风都不及。

这些可怜人，为了什么而不愿花五块钱立即踏上回家之路，再直接点，为什么不愿消费？"黑车"车主常常过一段时间就出来吆喝一阵，很早之前（大约二十分钟之前），有两位年轻男子和一对小情侣分别搭车走了，何以目前留下来的人不愿消费呢？或者也可以说，何以他们失去了消费的能力呢？我想，这首先跟这些人的生活负担有关，剩下来的人一定盘算过自己的钱袋或家庭的钱袋，有时候并非乘不起车，而是考虑到家庭而必须俭省。对于这，这些家庭妇女比谁都清楚，她们才是生活的清醒者啊！其次，这几十个人一定知道金钱来之不易，或钱确实太难挣了。正因为难挣或来之不易，这些人才在使用时慎而又慎，省而又省。她们清醒掌握了什么时候该花钱，什么时候不该花钱，花的时候该花多少，不该花的时候尽量不要花。

该死的车终于来了。"黑车"车主们坐进了车内，他们等待后面的乘客或末班车之后的乘客。这些人一一爬上公交车。刷卡，往车厢内部涌动。你发现，这些人没有谁想去质问司机一句什么。没有谁质询司机晚点了多久。没有谁质问司机知不知道乘客等候在寒风中吃的苦头。这些人大概真的疲惫了，已经没有力气来质问了，已经被生活打败了。也许是经历这种遭遇太多，可能初始还有些兴趣维护自己的权利，但隔三岔五、三番五次如此，叫任何人都失去了锐气……现在，车好不容易来了，人们立即就忘了刚才吃的苦头，甚至还雀跃地向车内拥去……

2010.12.24

误　解

　　每个工作日先骑自行车到地铁，将自行车寄存于地铁站停车处，那儿每日收费三角（如晚于晚上十一时取车，则需付费九角）。收费的小亭子就在庞大停车处的出口处，一般是一位中年妇女倚在小亭子边做着收费、找零的工作。

　　今日她却端出一条条凳、一把小凳子，坐于出口的另一侧（与小亭子相对），颇为正式地收取存车费。之前，她多半是倚窗，或趴于窗口，倒没见这样坐过。那条条凳上有一小堆五角的硬币、一小堆一角的硬币，她手上则有一大扎一角二角五角的纸币。

　　她颇为认真地为前面的存车人服务着，为他们找零。我开了锁，骑上车向她驶了过去。因受限于当时的位置，与她尚隔了一个轮胎的距离，便将一枚五角的硬币放在拇指上，借助拇指与食指之间的弹射力，将硬币向空中弹射了出去。结果可能力道有点儿大，落地的抛物线弯曲度不够，竟将硬币弹射到她背后去了。她有点儿不高兴，认为我不该将硬币"扔"给她。她在找我零钱的时候说，我也这么扔给你好不好？我歉意地笑了笑，向她表示抱歉。

她并没有看见我是将硬币"发射"出去的。的确，让她看见这一细微动作是相当困难的，因为当时她正在忙。所以，她自然而然地认为我给她"扔"去了这枚硬币，这硬币不论是落到她的身后，还是落到她面前的条凳上（这比投三分球难得多），甚或被她接住（我想她是不会主动去接的），结果都一样。她脸色的变化是迅速的，她对于自己的尊严的捍卫是严格的。她分明认为，我的动作像是打发一个乞丐。

我为什么要发出这个动作？这是一个不审慎的行为，这是一个不经过大脑思维的动作。我何以产生这样的想法？人为什么能产生这样的想法？除了想到开玩笑以外（这个弹射硬币的动作是那些经常玩猜硬币正反面游戏的人常做的），竟无法预估一个动作所产生的坏处。人做事所得恶果真是稍有不慎就发生的事情。人有时候非常浅薄，比如稍有点儿高兴便沾沾自喜，而一沾沾自喜，便忘乎所以。

误解之产生就是这么出乎意料。真让人惊讶！主观动机与所得结果之间具有如此的不一致性、荒诞感，让人感慨。如何在源头上尽量杜绝误解的产生？如何在误解产生之后尽力化解误解？

2011.6.9

城下笔记

迟迟未归

　　长达七八个月，每次下班后，我都会在办公室继续停留一两个小时，仿佛我迷恋于它，仿佛我有无数的事情做不完，非得加班不可，仿佛我敬业爱业。其实，我不过是惶恐，唯恐工作做不好被辞，唯恐工作做不好而又不摆出一副勤劳的姿态，被人说道。

　　迟迟未归。眼睛生涩地盯着电脑寻找什么，是阅读填补空虚、满足好奇心的文字，是寻找让我可以在公司立足的好选题？其实都不是。满足好奇心的文字，或者哪怕是满足求知欲的文字，都在此时失效。眼睛已经不济，它们疲劳地想安逸地休息，想自由地打一下盹。它们看的、过滤的东西已经占据了一个白天了，当傍晚来临，它们已是一张使用过度的、网丝开始分解的网。眼神太长久地被使用，便不再锐利，这直接影响了大脑，使其肿胀内部一团糨糊。

　　只是在那位置恭坐着，拖延着，仿佛也有所企盼，企盼出现什么奇迹，企盼出现什么转机，让我不至于被动，让我获得公司的认可，从而获得可以相对自由行动的资格。我太需要这些，但越渴望便越难以拥有。这当然得归罪于我在职业上的无能。确实，我没有能力胜任这些无趣的、沉重的、荒诞的工作。确实，有时候即便有一些便利的机会，我也不去争取，因为有些事情不能进入我的心。当然，也并不是全部时候皆是如此。我渴望了解这个行业，几经周折地进来了，确实从一个小角落了解了这个行业的状况，但是付出的代价太大，对身体的伤害太大。但我就是这么个人，一个小心翼翼、耗子般不敢有勇敢举动的人。我就那么坐着，等待着，眼睛睁着、看着，身心已足够疲惫，但还拖着，给人一副勤劳工作、精力旺盛的假象，一点洒脱的精神也没有。有时候还学会了可笑的借口，比如说下班高峰时地铁里非常拥挤，虽也是事实，但下班后立即离开，还是要比七八点钟离开到家要早许多。

　　也许，我可以归因于生活的艰难，为了工作的稳定我如此去做，值得理解。但这种方式显然又是错误的。它让我牺牲很多的时间，持续地工作难有效率。晚归的代价是沉重的。没有闲暇留给我自由思考，没有闲暇留给我随便写写什么，如同此刻我所做的。这样，我便彻头彻尾地成为容易流失的水土，被生活冲刷得不堪入目。而今天之所以写下这些文字，乃是拜早早下班所赐，缘于我逃离了公司组织的一个无趣的活动——因为车辆不够，那些回家路途太远的员工可以选择不去。

2011.9.14

被监督的自私

去年回老家前，去超市采购了半天，下午大概两点多才出来。手上提了一大袋物品，向公交车站走去。等的是 517 路车，需要乘此路车两站地，然后再转 520 路车。

这一天冬阳灿烂，天气暖洋洋的。车没多久就来了。上车的不多，大约四五人，大家排队依次而入。正待我抬腿登车时，几乎和公交车司机同时看见前门的旋转轴附近（即车门处），有纸币数张。他大声提醒乘客，谁的钱丢了。结果大家都在翻检口袋、钱包，但没有人明确说钱丢了。我就把钱捡了起来。一共五十多块钱，不多，也不少了。车内人也不多，差不多刚刚坐满，我就在车内前方站着。司机再次提醒，问谁丢了钱，但除了在我身边的一个中年妇女长时间地翻看钱包犹豫着，最终没有人出来确认。这笔钱被我攥在手中。我也像司机那样，提醒大家有没有人丢钱，然而环顾乘客，没有人呼应，大约并不是他们丢的。

肯定不是我丢的，也肯定不是司机丢的。先让我们推测一下是什么人丢的。相当可能是上车刷卡时丢的，此路车只须上车刷卡，下车无须刷卡。可能公交车卡与这几张纸币放在一个口袋里，在上车刷卡时非常匆忙，一带而出。刚才乘客们检查了自己的钱包和口袋，没有人站出来，说明丢钱的人已经下车了；但也有可能还在车上，不承认丢了钱，倒也有不少原因呢！比如马大哈的人总不记得自己的口袋里有多少钱，丢了也不知道。

我马上要下车了，如果没有人要这钱，是否可以归属于我？五十多块钱也不算少呢。我拿捏着这五十多块钱，很想占为己有。但我却无法占为己有，因为这笔钱处在众目睽睽之下。司机这时说："你把钱给我吧，等一下失主可能会来找，我会还给失主。"他叫我把钱放在车头。

我立即嗅出了他的私心。我想，一个丢了这样一笔小钱的人，断然不会再去寻找了，因为压根儿找不到，失主绝不至于这样傻，况且似乎也不知道到哪儿找。大概只会抱怨一下，埋怨自己一阵，警告自己"吃一堑，长一智"。想一想，如果这事发生在我们身上，也只能如此处理罢了，否则又能怎么办呢？而这司机分明也有占为己有的念想，要不就是太善良以至于太天真。

我可以精明地认为这个司机属于前者。作为发现者之一，作为丢失在他的车上的钱币，他如此一处理，先使得钱币处在寻找失主这一环节上，而没几站，车即到达终点，来找钱的人是断然不会出现的，这钱自然落入他的腰包。他可以买几包好烟，可以买一点熟食，回家即把它们痛痛快快地消费掉，消费掉这笔天上掉馅饼的、自己不费吹灰之力就得到的、本不属于他的小财富。而我如果不动脑筋地将这笔钱给了他，无疑成了助他享乐的帮凶，我自己却什么好处也享受不到。在我和司机之间平均分配吗？显然也不可以。这种分配是肮脏的，而且在众目睽睽之下，过于自私的举动将违背人类道德的底线。于是这种平均分配也成了不可行之举。人是自私的，我想据为己有，而且我也看透了司机的心思。

时间无多，我告诉司机，这笔钱失主不太可能找过来要了。我还把钱举起来朝后面的乘客说：这笔钱你们也没有人出来说你们谁丢的，那么我觉得放进这里比较合适。我将这五十多块钱塞进了公共汽车的投币箱。司机唉声叹气地说：你怎么放进投币箱了呢？你怎么放进投币箱了呢？……好在不一会儿我下车了。我觉得我这样做是合适的，因为我的确无法带走这笔钱，假若我的自私使我带走了这笔钱，我将成为车上的乘客耻笑的对象。我无疑如同小偷，偷走了"公共的财富"。我的尊严和人格远远大于这笔小钱，在我看来得不偿失。所以，我只能将这笔小钱永远地定格于它被迫沦为公共财富的地位。

它成了国家所属的以非营利为目的的公共交通部门的收入，成了公共的财富，最终使用在公众身上。自私的本性是万难拒绝的，我们也不能否认每个人身上都有这种自私性，但假若这种自私放置在公众的眼球之下，这种自私就有可能被理性来适度调剂，使得过于自私的行为无法发生。这样的话，公共财富的使用也会变得合理了，而不会变成私人的小金库。

2011.9.15

用脚抗议

　　我走进经常去的小餐馆就餐。经营店面的是一家三口，一对五十岁左右的老夫妻和他们的看样子年纪和我差不多大的儿子。

　　店里没有其他顾客。店主坐在凳子上看电视。我坐定，点了最近两个礼拜来常点的面食。因为人少，多说了一句话，说面很好吃，面条加工得像手擀面。作为顾客，我称赞店主出产的产品或制造产品的手艺不错，这种并非出于违心的称赞，是一种真诚的感谢，通常来讲，店主会对顾客表示谢忱。在他则不然，他竟说，这道面食工艺烦琐，要不是今年以来吃饭的人少了，这道面食是断然不会如此廉价地推出来的。他说话时，流露出一股忧郁之情。他说的当然是实话，也许只对常来的顾客才说。但我听着十分不快，他让我觉得似乎每顿饭少付了他的钱。也就是说，我的一句真诚赞美的话不仅没有得到热情回应，反而得到一种我每日占这家饭店便宜的感觉。这种180度的情绪大转变，让人委实难以承受。他大可以早就开始公平交易而不必委屈自己的。这让顾客情何以堪?

我倒知道他的情绪为何这样坏。这都是拜这座小村子马上要被拆迁所赐。这家小店，想必在这儿经营不少年了，从我搬到这儿就在此了。去年的时候，这里人丁兴旺，做各种买卖的店家都生意兴隆，他们当然也不例外，每天顾客盈门，十分红火。今年据说这儿要拆迁，搬迁的条幅早就挂出来了，但人们通常都会以为，从挂出条幅到最终实施拆迁将有一个较长的时差。可不是如此吗? 从去年条幅挂出来，到现在也未被通知搬家（房东将先于我们得到通知，然后才是房东通知我们尽快搬走）。但不少租客听到要被拆迁的消息就陆陆续续搬走了。现在，拆迁的消息愈传愈烈，只差眼见为实了，大家知道要被拆迁的时日恐怕真是快到了。租客搬离得更多了。我猜，现在剩下来的人口恐怕只及原来的三分之一（包括当地人）。拿餐馆来说，村里那条主街上只剩下三五家，而且多是小店。餐馆锐减，但附近住户锐减得更多。人少了，生意自然便淡。而且，小餐馆未来的命运如何呢? 往哪儿搬迁呢? 毕竟这是其安身立命的方式啊! 这怎不令店主焦虑!

其心情灰暗、沮丧、情绪化倒也能理解。只是他不和盘托出他心中的抱怨，而单单说出那刻薄的一面与他的顾客，还是深深地刺痛了我。这就让人感觉到，作为经营者，他似乎不能把顾客始终摆在崇高的位置上，不能充分尊重顾客。作为顾客，我虽然当即有些气愤，但仍是忍住没有发作。我想，我也只能用脚来抗议一下了。

2011.9.20

家长与暴君

　　早晨，一个小孩大概趁他母亲正在洗漱打扮的时候，跑出屋，在安静的小路上自个儿玩耍。而他母亲一当打扮完毕，准备出门，却发现她的小孩子不在身边，她心头猛然一紧，往危险的方向一想，止不住大声唤起她儿子来，蹿出门，跑到门前小路上寻找。她的小孩子才三四岁吧，并没跑远，就在前方不远的一条巷子里玩耍，一个人自得其乐。可这位母亲自从蹿出门，嗓音就是极大的，等到她找到小孩，这焦急的声音突然变成愤怒，且音量更大了。她数落小孩，毫无理智。小孩起先尚不知怎么回事，但稍后就对他母亲的歇斯底里也感到愤怒了。他觉得他该反抗一下，他反抗的方式就是哭泣。天气刚刚转凉，他的伤心、恐惧使他的哭泣是那么真切，以至于带动他的喉管不住地咳嗽。他母亲歇斯底里地说他为什么瞎跑，知不知道早晨的时间很紧，她要去上班（她或许会在上班前将小孩送到幼儿园吧）。这三四岁的小孩被他母亲训斥着。他完全没有反抗的余地，只能细声痛哭着，哭声中规律地夹杂着咳嗽声。他母亲对他可怜的样子丝毫没有怜惜，反而朝他那可怜的惨状嘲弄、咒骂一番：咳死你！咳死你！……

我们的父母亲经常可能就是暴君。他们对于小孩有绝对的权力，对于打骂可能达乎疯狂的地步。父母们对小孩子从来没有弱势过，而总是强势得过了头。除非他们的孩子长大成人，甚至在孩子成人之后，他们依然用另一种暴君的方式对他们进行统治。总之，还是暴君的方式，比如说在生活方式的管控上。

我觉得暴君有两种。一种暴君对他的统治对象满不在乎，视他们如同尘埃，为完全不会反抗的羔羊，或根本不在乎被统治对象的反抗。比如我刚才记录的这位母亲。在她发疯似的训斥她那尚弱小的儿子时，你以为那体现的是她的爱吗？我觉得反映出的是她对那弱小者的无视。有人会说，只有爱之愈深，才会骂之愈切。我倒不觉得。我觉得暴君是在使用她的权力而获得快感，否则她断然不会说出"咳死你"这句话。假若有爱，那爱也不如她的快感强烈，至少在那一时刻。

另一种暴君是以爱的名义而施行暴政。比如在生活方式上，暴君喜欢对他的统治对象进行管控，即要完全按他希望的方式来生活，在这方面没有通融余地。他强力地打压统治对象对生活方式的自由选择。暴君总是执拗于自己的认识论、价值观，以之为绝对真理，而丝毫不懂妥协和宽容，他不会迁就别人，也不会耐心研究统治对象何以产生想这样生活的原因或动机，他从不会站在统治对象的立场上考虑问题。通常，暴君以"爱"的名义而固执，以"爱"的名义而暴政，而他们自己浑然不知问题出在哪里，自认为正确无比。

第一种暴君在一个个体的幼儿、少年时出现，第二类暴君在一个人青年或成年时出现。不过，对于一个个体来说，好在双亲有两位。第一种暴君，在父亲、母亲出现的概率几乎同等。第二种暴君，父亲的比例较大，母亲较小。父权社会，通常，父亲的生活方式支撑一个家庭。一个个体在其孩童时遇到的暴君为其母亲，而青年时期或成人之后遇到的暴君为其父亲，那他将是不幸的，因为他会发现他的双亲毫无可爱。一个人在孩童和成年遇到的暴君为同一人，则其尚有父亲或母亲可爱（一种依赖），则其尚还算幸运。从这一点来说，卡夫卡可以说还算幸运，尽管他厌恶、恐惧父亲的程度已臻极限(以那封写完但没发出的长信《致父亲的信》为证),但据了解,他对他母亲是热爱的。试想,如果卡夫卡也厌恶、恐惧他的母亲,卡夫卡的生活、他的性情将是怎样一副情状?

很难想象,一个家庭中父母双方都是暴君,他们的小孩会成长为何种形状。笔记开头所记的小孩会出现什么奇迹吗?他有一位宽宏大量的父亲吗?按照我的估测,这可能性是极小的,哪怕他父亲现在不是暴君,以后也难免不是。由此,我难免同情我们的孩子,他们生长在怎样邪恶的家庭。

2011.9.21

回家太晚的代价

你不能晚于晚上八点钟回到住处，否则你会发现你的一天将被浪费殆尽。通常一个工作日差不多在下午五点钟到六点钟这个时间段内结束。我们估计一下，一个小时左右回到住处，其间在路上，找一家小餐馆随便打发一顿晚餐，回到住处差不多七点钟。由于我们的工作是一项离心运动，在工作时间结束后，必须有一段相当长的时间休整我们疲惫的身心。如果我们七点钟回家，至少需要一个小时以后，才能投入另一项工作中，这项工作我指的是可以翻看喜爱读的或近期购买但尚欠一读的书籍，或者写点文字，安抚一下自己的心灵。这样可以集中工作两个小时。然后，是洗漱，闲散地干干这、做做那，打发掉一个小时。这样大脑既用了功，又能利用闲适的生活方式将其所受的伤害成功地疗愈。最后，躺于柔软的大床上，面容恬静，神态安详，决不至于为今天的混乱、稍纵即逝而显出疲惫、懊恼。我想这大概就是我想要的生活了——我的生命如果必定要为什么而牺牲，那么请不要让我为之牺牲全部；如果我的生命注定荒芜，那么毋宁使我的生命不存在。但是不久前，我却丝毫没有领悟到这一点，或许我又因为沉重的生计问题将之忘却了。我们的生命的荒芜状态有时候是我们自己造成的。我绝非信口胡说，这有我自己的例子为证。在此之前，我的意识里恐怕缺少或遗忘了这么一点认识：不管一天多么需要做牺牲自我的行动（这不能说完全是不道德的，它至少帮助我们取得生存所需，而另外一方面，它帮助我们以充分摩擦的方式观察、认识社会），一天也必得保证自我仍然处在良好的运营状态，它是思考着的、充满活力的、可持续的……我现在渴望这种边出卖生命力边进行自我耕作的生活方式，十足讨厌那种完全淹没在出卖生命力的状态中，即便给我多少金钱我可能也不会去做。思考是我的日课，写作是我的日课，我该坚持着自我。近几年，我尚可以大胆这么去冒风险，这符合我的本性。假若到了完全不能维持的地步，我再想退而求其次的办法。

现在，我不无悔恨地忆想以前，特别是在这家公司的这段时间，我是怎样堕落至深？我不仅没有在工作上取得多少成绩，而且还将我本该据有的自我时间搭进去了，结果这段时间我完全被生活的风暴吞没了。虽然我现在有幸健在，但是在那段时间却足够虚无，以至于那段时间显出分明的空白，而我想到这段时间的白白浪费，就忍不住责备自己如此轻贱地出卖了自己。我原来如此容易迷失自我。那已然逝去的大量的大好时光，让人悔恨莫及。这段时间以来，我大概每天八九点钟回到住处，疲惫让我只想倚靠床头读书，没过一会儿眼睛完全支持不住，最后，常见的情形便是，灯没关，也没洗漱，便不知什么时候进入了睡眠。等到醒来，多半已是凌晨两三点，此时，又不敢再去洗漱（害怕赶跑睡虫从而影响睡眠），只好直接关掉灯光，睡去了。但灯光下的睡眠质量肯定是相当差劲的，而且这样的睡眠又完全不够，以至于长此以往，脸皮蜡黄，没有血色。它的影响是恶性循环的，从而具有毁灭性可能。这便是回家太晚的代价，代价不菲。

2011.9.23

永远有理由悲观

我想，人与人之间的区别、人的现在与过去的区别，大概只在时间，如何安排时间成为一个重要的尺度。我时常痛苦于此。当我将时间使用得井井有条时，我得到了轻松、愉悦，我感觉我生活于闲暇之中。而当我糟糕地使用时间时，甚至常常是无聊地打发时间时，我感到了沉重，感到我生活于庸碌之中。我的疑惑是，为什么前者明明是忙碌的，而我却自感处于闲暇之中，后者明明处于无所事事中，我却与闲暇毫无关系？

我那庸碌时的状态是什么，为什么它足以制造一种苦涩，令我品味起来痛苦莫名？我现在的状态即是如此。我仿佛刚吃了一点安眠药，在它发挥效用的时候努力睁开眼睛。或许，这是一种自我疗救的方式。

慌张感，是何种感觉？我想，这是我自己制造的、十足可怜的一种精神紧张。我如果从容一点、洒脱一点，实在可以躲开这颓败的心情，而自得其乐地活出小小的愉悦出来。但是，我发现我性格中有如此柔弱的部分，她敏感如同琴弦。我有一颗细腻的、容易伤感的心灵，并且我似乎愿意伤感，让自我处于自怜之中，切心地体会自我的情感漫漶不已，仿佛那是我的生活方式不可缺少的内容。我承认，自己有权利活得与别人不一样，有权利就按自己愿意的方式活，我这样慌张而忧伤虽然在别人看来简直无法理喻，但我愿意我自己如此，而不大在乎别人的看法。他们的看法产生自他们，也许有他们自身的合理性，但与我没有关系。只是，我依然有其他方面的顾虑，即有时候忧伤整个儿吞噬、淹没了我时，我成了虚无。有时候，生活的确令我无法拿起笔，或者即令拿起笔，也不知道写些什么。情感的颓败或生活的荒芜，也许就是我们生活的真实状况。那么，我陷入此种状态实属正常，由此颓唐、荒芜也情有可原。但是，如果仅限于此，如果仅仅同于常人，仅仅公约数与他们越来越大，以至于我和他们就是同一个数，以至于从数学上计算，两者的公约数就是我们自身，那么……那么我是否有必要活着？因为已有无数他人替代我活着了。

　　我想，生活之所以有价值，在于生活的主体有可能真实地看透这种生活、反思这种生活，进而去批判这种生活，从而过上另一种生活。那另一种不过是比这种多了一道清醒，使得这个生活的主体走到这种可怜可叹的生活的偏处。人与人之间相差无几，关键就在于每向前走一步是否还能回过头来看看自己走过的路。长久就能觉出，人的路原来最多的是虚无、荒芜，时间有多少被自我使用？！从时间的角度来看，我们每个人都是虚无的奴隶，极短暂的时间我们属于自己，但从生命长度来看，实在是不足道也。更何况，还有人每天如猪一般浑浑噩噩地过活，那就更不得真正有意义的生活的真味了。

有时候，人痛苦、忧伤倒也是一种正常的状态。悲观主义者永远有理由悲观，因为人类太渺小不堪，是一种极其脆弱的物种。人类从来就不善于使用时间，而是将时间放养，结果，真正擅长使用时间的人寥寥无几。悲观主义者完全有理由悲观，而我只愿意超越悲观一步，回过头来观照这种悲观、忧伤……我十分想嘲弄时间这个主宰人的上帝，但我一直被击倒。

2011.10.1

生活是一道道门槛

　　站在此刻，我回看过去，尽管生活艰难，波折不断，但我还是要说，这生活建设了我，而非正毁灭着我。

　　面朝我的这个生活，或者我浸淫其中的这个生活，绝非大而无当、空虚的存在物，而是以每日的上下班、每日八九个小时几乎忘我的埋头苦干、烦琐的工作程式、总监或老板的指令、同事经常的抱怨为内容，甚至也包括每日午时饭后那短暂与同事的相伴散步（通常阳光普照，令人向往回乡躬耕，过一种放马南山式的生活）。我蹚过生活，而非跃过，这"河水"是一种特殊的物质，而这种物质我尚揣摩不清。

　　当我用一颗敏感的心灵审视生活，我似能看见生活是灰色的，一条蜿蜒曲折的土路在我身后和身前绵延不止，我所迈出的每一步皆面朝一座门槛，而生活时常会跳出一些过高的栅栏，那时我不得不使出浑身解数，做出各种辛酸的动作才能攀爬而过，步履维艰，翻越栏杆的动作充满别扭。我一直不善于翻越栅栏，当它们超出一定高度时。

这生活从来不是一马平川的，但很多人恐怕只在遇到障碍时才看见生活严峻的一面。大概是他们惯于吹着自我陶醉的口哨行进，又或者善于不做任何思考地过活，才使得苦难来临时生活骤然变得陡峭不堪。

因为门槛无处不在，无时不在，构成了我的生活，所以，我就是一匹奔腾不已的驽马，无始无终地做着笨拙的跳跃动作，我不承认生活是空虚的；我笨拙不堪，充满执着，每时每刻都在消耗我自身。那么，我消耗的精气去了哪里呢？

我得假设：我的生命与我所处的生活之间有着微妙的转换。如果我每时每刻做着精神工作，那么这些精神动作所作用的对象一定会回馈给我什么？难道我所做的动作仅仅是单方的损失？一种一厢情愿的支出？

生活是公平的。它是门槛，毋宁说以门的形式存在，每当我走进一道门扉，我将看见——一个我过去没有见过的世界，一个崭新的印象。它唯一朝向我，不论是真诚的微笑还是陷阱般的魅笑，不论是冷若冰霜的严峻还是盛气凌人的斥责，它唯一指向我，我是它的唯一感受对象，除此之外，它毫无存在价值，我若不懂得领受，它便毫无效用。它是独立存在的，但它却得唯一依赖我才能获得存在价值。我自然可以为此得意，因为不论它的态度，乃至即将作用在我身上的影响，我是超越它的，超然于此在。

因而我的主体性能够确立无疑。理论上，这种超越性在我们的生活中应该无时无刻不保有，但我能够做到吗？事实上，我时常做得非常糟糕。我时常被生活的面孔吓倒，时常患得患失，时常什么也不做地放任自己。我不懂得嘲笑生活，不懂得享受生活所制造的各种生活，不懂得欣赏生活的门扉的材质、门联、贴画，门扉内广阔厅堂里的各种风景和各种刑具，不懂得痛苦其实也是快乐，不懂得怎样去过一种有节奏的生活，而常常凌乱自我，过得生活不清不楚，十足亵渎了我的生命。唉，我从来没有认真过，本质上我充满虚无性。所以，我过去常常认为生活是虚无的，一种类似空气或以太的物质而已，没有其他什么。其实，这大错特错。

生活时时在反馈着什么，它是我的生命所作用的事物（和一个人交谈，观察一个人，或胡思乱想什么，诸如此类）的反作用力。当我意识到这种力量，我就应当利用它来建设我的生命，而非让它来毁灭。我还得注意，因为它就像一阵狂风，它可能毁灭不了整个稻田，但可以摧毁部分，让它们扑倒在地，收割起来困难十足。我的意思是，每一天都得注意着生活的反馈之力，它在鼓荡着、诱惑着我的生命去记录它，反思它，最后成就它，或者成就我……

2011.10.11

城下笔记

敬畏文字

　　我住在郊区的小村子里，屋前有一条通道。这个小村子有数条东西向的通道将小村子分成一畦畦的。这些通道长度和宽幅差不多，其中一条有幸成了街道。

　　在这个年老的村庄里（相对于附近新建的社区，这小村子恐怕要算最年迈的了，但不久后它也会面临和前者相似的命运——拆迁，它将比它们更"年轻"），沿路叫卖者络绎不绝、应有尽有：卖豆浆豆腐的、卖糖葫芦的、卖坚果的、磨刀的、卖切糕的、卖卤肉的、卖芝麻酱的、卖大米面粉的，等等，而最多的是收购废品的。从早到晚几乎每隔一段时间就有那么一串声音，来自这些骑着电动三轮或踩着三轮车、自行车的辛苦的收废品者，由远及近，再由近及远。唉，这些老旧的叫卖人，这些艰难的生活者。

　　昨天是星期六，约好与一位诗人逛潘家园旧货市场。我第一次去那儿，进去之后几乎晕头转向。市场太大，人也超乎想象的多。几经辗转，才看见一条专卖旧书的胡同，人气颇旺。我以为这就是我的目的地，便找我那位朋友，却从巷口挤到巷尾也没找着。只好打电话给他。最后，我退到巷口，而他也是来到此处才与我接上头。接着，他引我去往这旧货市场的另一处书市。那儿更规整，有很大一片地儿全是卖旧书的……

这些本没有什么可说的。但我了解到这里的书虽全是旧书，倒几乎都是正品，这倒让淘书人顿生好感。我与友人聊到这些书的来源。他说，这些书都是从废品站收来的，而在那儿，书论斤交易。

我对收废品的人向来有好感，那是一种对生存艰难者的由衷同情。他们起早贪黑、任劳任怨、不顾脏污、忍受风吹雨打而赚取微薄的收入，相当来之不易。而今我还知道，他们无意中还做了一项文化保存工作。

之前，我一直不理解为何有人扔书，后来渐趋明白。扔书一事尽管残酷，但是避免不了，尤其对于当代人，书已经不能让人完全敬畏了，有些书出版之时已是"垃圾""废品"。然而，收废品之人收到书，他想的却是：这是书，不是其他东西，因此，它当有书的价值。这个念头当然是从经济角度产生的，但本质上却肯定了文字的可贵，显示出对知识的朴素的尊重。

当废纸收来的书，后以稍高一点的旧书价格卖出，其间当使收废品之人获益。而那些经营旧书的人从废品站收购旧书，经过辨别汰选，转运到旧书摊位上贩卖，使得一些好书重新实现了它们的价值。而淘书者则完全从书本身的价值出发，淘其所认可。这一过程使得旧书恢复了其应有的身位，变得高贵起来。书真正又成为书了。

收废品者以朴实的对文字的尊敬，成为散落在城市里的文化产品收集者，成了文化保存者，从而捍卫了文化的尊严，将即将消亡的文化载体重新拉回到文化载体本应具有的地位中来。而那些做旧书生意的人也不容小觑，他们多半是些文化人，有些或许还大有来头呢，因为他们能挑选、评估并合理定价这些旧书：好书得到一定的升值，精品的价值得到捍卫，而一般的书则会给个大白菜的价格。这对应着它们本身应有的价值。

2011.10.16

环境破坏者

人类制造出的大部分声音并不可爱——此刻我坐在城市的一隅，四面八方涌来这座城市发出的声音潮水。有人说音乐例外，但我要说，就连音乐也是如此。一个人喜爱的音乐类型总是有限的，其他类型的音乐对他来说并不比噪音更好听。也就是说，就音乐这个大类来说，一个人喜欢的品类也是极其有限的。

现在，以及促使我写出我的烦恼的此刻之前的相当长时间，我都被外面那市井的嘈杂声音困扰。声音是极其暴君的，它穿门墙、窗户，俨然活生生地响亮在我的耳边。我住处对面是一家烧开水炉的，一个颇有点生意头脑的老妇人在经营，是外地人（与我是同乡）。像她那样会做小生意的，在她同年龄段的老年人确乎不多（她经常让她的顾客自己打水、自己交钱、自己找零，实现了完全的自由化、自助化）。她坐在屋外，看着她的小外孙和邻居的女儿玩耍，而她的邻居与她的女儿（小男孩的妈妈）就坐在她的附近聊天。她们说话的声音过于响亮尖利，说话音量很高，说个不停，还经常性爆发成强音，每当有车辆要经过，她们便训斥起小孩，提醒他们不要在路中央玩耍……她们仿佛不会轻声说话，也根本不懂抑扬顿挫。她们总用一种山响的声音，尖利，尖利无比地撕裂着你的耳膜……

如果没有这声音，我将享受这里的廉价、独立的住宿，而她们在说话，那么一切都变得不可忍受。她们真是可怕。她们精力旺盛，不停言说，山响、尖利，仿佛没有休止。我在想，她们何以有资格用这种暴君一般的声音说话，是什么原因让她们如此盛气凌人？她们是不是有病？那个小女孩的妈我早就感觉她有病了。她简直是个话痨，而且沾沾自喜、无所顾忌，这肯定是一种病。一个人应该懂得谦卑，一个庸常的女人更应该如此。可是她却不！她总是大声说出随便一句话，总是大声地呵斥她的小女儿，总是在大街上精力旺盛地说这谈那。她的声音是那么让人不耐烦，以至于我迄今还没耐心听全她说出的一个完整句子。我怀疑她有些失聪。她的那个小女儿也怪可怜的，终日被这可怕的炸弹一般的声音轰炸着，她会不会也成为她妈那样可怕的女人？但愿她快点去学校，快点去接受甭管什么样的教育，然后去还击她妈，让她妈知道自己的缺陷。我观察过这个女人，她身高中等偏下，身材圆滚滚的，像一只蛙。她肯定是一只可怕的蛙精。

2011.10.17

幸福的拍肩

与朋友赶往房山，需坐 838 路车。刚坐到六里桥东下车，就见一辆 838 路车停在前方。为节约时间计，我立即招呼朋友一起疾奔，如果顺利乘上，难道不可以称为极其幸运的交接式吗？就如同竞技场上的接力比赛，我经常见人如此做，感佩于他们对机会的把握和对时间的珍惜。倒是让我们火急火燎地赶上了。

我往车内部走。女乘务员大声喊叫着叫我们刷卡。我们当然会刷卡，但也得让我们歇口气吧！这时，我才想到要确认一下方向是否正确。此刻，女乘务员又非常急迫地叫喊，生怕我们不履行刷卡义务一样，第二次催逼我们刷卡。驾驶员发动了马达，车子开始向前行驶了。我一看挂在车内的站点指示，还真坐反了。我抱歉地告诉朋友。乘客们也是一阵骚动，对我们坐反表示认同（因为与去房山已经南辕北辙了），还提了建议，尽快下车到路对面坐车去。

乘务员这时又催命鬼一般第三次催我们刷卡，态度相当蛮横。我们只能刷卡，并要求下车，这个乘务员以车已出站、不能开门、只能坐到下一站为由推托。

朋友安抚了一下我，说就坐到下一站吧，我们也不必那么赶。我只好坐下，坐在门边位置，挨近过道，过道对面是一个朴实的老头。

我抱怨，作为公共服务人员，这个乘务员品质相当低劣，没有一颗服务乘客的心，只关心钱，不顾及乘客的实际需要，事实上耽误了乘客的时间。诸如此类。我也懒得与这乘务员一对一地争执，便将这怨言按照平常说话的音量说了出来。这些话传播在我的周围。坐在过道那边的老头，热烈地呼应了我，也说这个乘务员品格真是非常恶劣。总之，他对刚才那一幕全然看在眼里，显然认为乘务员不是，而觉得理应站在我一边。这老头儿说话时表情丰富，感觉为人相当朴实、善良。稍后，他便说我不是本地人吧，对北京不是很熟悉啊！得到我的肯定答复后，他又问我去哪里，我也照实回答了他。其实，北京如此之大，一个人如何能够记住整个城市的公共交通路线图呢，更何况这还是去北京的西南边，足够偏远，不太熟悉交通情况也是可以理解的吧。随后，他又问我:"你有三十多岁了吧?"我答:"差不多。"就这样聊了起来。其间,不知哪句话引得他格外高兴,便用力地、相当亲切(表情丰富)地拍了几下我的肩膀。

我想,他大概是个朴实的农民吧!我是如此喜欢他朴实的性情,这样的人性才是健康而又充满乐趣的啊。

2011.10.23

出 门

　　一个孤独的人总要染上一些孤独的毛病。总是一个人，总是沉浸于内心，对于外界总感到一些局促不安，惶惶于这个世界。他惯于独自生活，面对外在感到茫然。倒不是说，他不想抵达外界，抵达与另一个人彼此倾心的交谈；他也想，但他没有办法主动地去抓牢这种关系，或者说，他对跨入除己之外的世界多少有些无能为力。他拥有敏锐然而冷漠的眼睛，他拥有寻觅的能力，但是冷漠，他的眼睛的冷漠总是将外在排除在外。他处在他们之外，因而沉吟于观察，这种观察对于他来说是舒适的，合情合理的。如若在那门槛内，没有人主动伸出手来向他道声欢迎，那么他是不愿意，也没有能力跨进门槛，并道一声：有没有人在啊？他懒得发声，或者惯性的冷漠导致他不愿意轻易发声。他陷入自我，他有屈指可数的几个朋友，在他们身边他倒还能够收放自如，但对于陌生人，对于从陌生人中提拔出新朋友，他感到伤心绝望……

　　　　　　　　　　　　　　　　城下笔记

今天下午大约一点钟，他出门了。去单向街参加（完全作为观众）一个活动。活动三点钟开始，但他这会儿就出门了。为的是早到，这样可以占个座儿。既然要去，并且时间已经划拨出去了，那么还是应该让那段时间使用得更有点儿价值，为此，占个座儿就很有必要。他坐在角落里，聆听着。此时没有任何压力。他没有任何心思想要认识这里的某个人，那些打扮时髦、举止优雅的女人，他也只是漫不经心地望一望。他知道，要不是自己有问题，就是她们有问题，反正合不拢。五点钟，活动结束。夜色已经朦胧，他站在二层，站在地中海风格的立柱和栏杆边打量下面的世界。他最近染上了吸烟的毛病，他戒了酒，还戒了一些别的什么，但他的心想要折磨他自己。他想找一个出口，吸烟并不是，但它是一个小小的嗜好，它略有些麻醉力，但更是呛人烟雾苦涩的惩罚，仿佛替代上帝惩罚他这么空虚地活着。灯火初上的凉夜中，楼下面那几棵枫树挂满了彩，一种迷幻的色彩。他走下乳白色的楼梯，趁着夜色走进夜色，空心人一般沿着路边人行道赶往地铁。

　　从地铁出来后，他去车棚骑出自行车，去往超市。今天的行程他已安排好，购物是重要的一环。早就有必要出来购物了，他一直懒散着拖延了两天。他停好自行车，走向那座大型超市，居然有些发木。他好像有些日子没来超市购物了，在超市出口处的自动存物间，他木木地完全没仔细看这玩意儿的使用流程，就将包塞进那深深的箱子里，然后径直按上了门。起初没按上，但在他多次强力的胁迫下，门总算严丝合缝地关上了。这玩意儿竟然没有吐出那种小纸条，他显然还没有白痴到只考虑关门，不考虑开门。他这才发现自己的疏忽，一直待在屋子里，像地洞里的耗子，对于现代的玩意儿竟已经生疏。他使劲拍打门，终也没打开。他这才清醒过来，记下门的编号、标志，然后去找超市的工作人员。工作人员让他到三层保安室找保安解决问题。他匆匆忙忙乘电梯一层层地盘旋而上。他希望程序不要太烦琐，导致他的物品取不出。他的包里倒没有什么看上去珍贵的物品，仅仅一本书、一个杂记本，但于他，这两件物品无比贵重，尤其是杂记本。总之，这是不能丢的物品，必须找回，不管阻力有多大。保安室躲在一个隐秘的角落。在一个房间门口，当他确认是否是保安室时，他们指他应去隔壁。隔壁房门上挂着一块大铜牌，因为有些高，外加字迹模糊的缘故，他没看很清。里面有好几个人，他走进去，询问，确认了这就是保安室，将所来何事言明。房间内有三五个人，其中一人说：找里面。

说着，手便指向他的右侧面。那儿有扇毛玻璃门，上面贴有一张小字条，言明应先敲门。门已经开有一丝缝隙。他长久敲门里面也没见动静。他遂将门推开了一点，他没有要打开、进去的意思。可是，这举动却引起刚才指示找这里面的人的粗野的怒斥，他说（用北京话说）：你不认字儿啊！那声音粗野极了。他没有搭理他，任这粗野的声音在他的灵魂里面继续深入。他继续敲门。敲门的声音加大了不少，但里面仍是没有响动。他怀疑里面根本就没有人。这时，他背后的那人又说：小 X，给他一张存物提取单！这时，里面才有一只手朝门缝递出一张纸。他接了纸，拿到旁边的一只大铁皮箱子上填了这张表格。身后闪出一个年轻人，见他已经填好，挺和气地就签了个字，并嘱咐他下一步的流程。流程比想象的要简单。他又乘电梯回到一层的存物间旁。见到那穿着特别制服的超市工作人员（她专门管理存物间），立即向她说明了事由，并出示了那张表格。她先让他拿出身份证核对，并让他列清储存的物品清单，他一一照办了。她这才掏出钥匙，将一扇调控门打开，手伸进去一扳，他指定的那扇门就打开了。他的包仍在。他挺高兴。他拿出包，拉开拉链，将里面的物品一一拿给她看了，管理员这才放心地走开了。他马上按照存物间指示的流程，先按那个弹性按钮，它弹出了一扇门，并吐出了一张小纸条——它是开门的关键。他将包又塞进去了，接着向二层楼走去，那儿是美食城和超市入口。直到现在，他还没完成出这趟门的任务呢！

他合计好先在美食城解决晚餐，溜达了一圈，才定下来要一份荷叶炒饭。等饭的时间，他坐到一位年轻女士的斜对面（在同一张桌子上）。他的左邻是一对母女面对面吃着饭。他打量附近的这几个人。那个母亲也偶尔打量他。而他斜对面的那个青年女子低头吃着，她的眼睛没有抬起望向任何人。一位年轻的男士在她身边坐下来。在他的对面坐下来，而不是在她的对面坐下来，这使他坐在这儿感觉局促了许多，觉得自己仿佛侵入了私人的领地。这青年男子马上又离开取餐去了，不一会儿从拐角转过来，朝这边走过来。他的晚餐也准备好了，服务员示意他去取。他手托托盘换坐到一处空桌，面向一堵墙和一条长长的甬道。他吃得飞快。他穿得有点多，不停地拭汗……

在超市里待了两个小时，购置了一只大整理箱（这是为将来搬家准备的，这将保护他的衣物），一瓶食用油，一双冬天穿的防滑的保暖鞋子，还有其他杂物。他是骑自行车来的，他觉得自行车后座大概能夹住这大箱子。可是待得他出来试验，才发现没法儿携带它。他向旁边的"黑车"司机招呼，他们正在路灯下打牌，竟不愿意携带自行车。好吧！他不得不一手提拿着这只大整理箱（好在它非常轻盈），一手扶车龙头，有些艰难，但能行走。可能是整理箱太轻的缘故，回家的行程倒也顺利。他骑着自行车，在转弯、路窄和路口的时候多加小心一点就是，甚至有时候还可以将这只大整理箱放在车龙头上（龙头的篮子里装满了采购的物品），它像挡风玻璃一样挡住了迎面的寒风。北方的天气已经非常寒冷了，但今夜他的感觉却不比平时，平时要更冷一点，而今晚，他身上热热的，感觉不到寒冷。

自行车要拐进他所住的那个待拆的村庄。他朝后观察了一下车辆，又朝前看了看，趁车隙早早拐到路的左边，现在他逆向行驶。他贴着路的边沿，贴着那些柳树，贴着柳树间挂的红色条幅（它们是关于拆迁的各种宣传语，它们有柔有刚，有各种硬刀子语言，也有一定比例的软刀子语言）。这个村庄的北口已经封了，他现在才知道。封口的是巨大的白铁皮围墙，现在上面还没有任何宣传内容，白铁皮明晃晃的。他以为这个门口已经封死，但没有这么绝对，在右手边还有一条可过非机动车的窄窄小道。想是，这封路为的是不让大车出入。前方还有一道封口，构造与此相似，右手边也留有空隙可供非机动车出入。穿过这道封口，明亮的路灯终于没被遮挡了，道路变得清楚。他这趟出门总算完结。

但是，且慢，回家整理物品时，竟然找不到包里的那本书了。这本书刚才完璧归赵，立即又丢失了。失而复得的惊喜与得而复失的遗憾在如此短暂的时间之内交替发生令人相当难受。这是一部研究现代诗歌结构的重要著作，他才通过阅读得知它的巨大价值，现在他正想继续阅读，却不见了。他翻找房间内刚才放置物品的地方，但找不到。丢在哪里？不可能在存物间，他的书在他的包里，他的包现在他的房间里。他的杂记本还在，就在他的身边。（好在杂记本没有丢失，谢天谢地！）应该是在他将所购物品放进他的包里，为方便携带，而将书先拿出，放在一边，然后准是忘记装入了。一定是在这个时候。

他是个孤独的人，是个在地洞内生活了一段时间的耗子似的人，他对外界感到惶惑不安，他顾此失彼，丢三落四……

2011.11.20

二等车厢

一种流动的生活，一种稍许谈得上有些质量的旅程。在这缓慢的旅程中，一个孤独的人无事可做，大约便只好用阅读来消遣。那是采取排除法之后的一项可以让孤独的人消除寂寞之举。窗外空间流逝，一切向背后飞驰。陌生环境中的人和物令人对他们浅尝辄止。与他们中的一位或几位聊天，来打发时间？或许，在起始时能消耗掉十来分钟，但那聊天的内容是有趣味的吗？或许，我只是看透了这种浅浅的交流本质上仍是虚无的。或许，我带着强烈的克制来推迟一场艳遇的发生——我渴望爱情的发生有更多的理智，而不是在陌生环境中完全碰运气。在春运的此刻，我能够享受这孤独的旅程，这不已经是人生难得的享受吗？而那三等车厢的惨状我怎不能够想见？！获得一点小小的尊严，小小的自由，坚守自己的生活方式而不管不顾周在。在吸烟处，以极舒服而又极忧郁的姿势斜倚着，望着窗外开阔的平原，树枝冰冷地抽画着低空，岚气在更远处氤氲着，让人想起塔可夫斯基的《乡愁》。到站后又开始发车了，冷空气在耗散，门内又开始一点点热起来，玻璃上开始蒙上了一层雾，向外的心灵被阖上了，我只好回到那方小小的床铺，静静地写一些文字。一个美人近在咫尺，她精致、优美，如清水出芙蓉，但如何行动？一切都是无效的，一切似乎都没有很好的支点……

2012.1.12

乡村一面

　　这里是我的第二故乡。二十八年来，我头一次在另一处可以称为故乡的地方，有了一方自己的住处。这里是生养我父亲的地方。他不得不退回到这个他的近亲很多的地方。而在我的第一故乡，他落下了坏名声，破产与欠债。也许更应该说，他失去了在他失败的地方重振雄风的锐气和实力，他对早年的失败似已默认。的确，那盲目而激情的青年性情再也难找回，甚至那不审慎的创业风格都叫他害怕，他还有多少个十年用以弥补那仅仅十年折腾所制造的巨大亏空？！他怎么会不害怕？！谁在相同状况下不害怕？现在，他大概更愿意过一种简简单单的生活，靠着手艺挣钱，适当地享乐，而冒险之举说起来都会叫他不寒而栗。父亲在我的第二故乡新建了一栋相当漂亮的小洋楼，这是弟弟的婚房。因为装修是父亲和弟弟的专业，所以，他们将小洋楼装修得十分气派，甚至直到现在，浩大的工程尚未完工。但这栋小洋楼的高档次装修已经名声在外了。

这是二十一世纪的第二个十年的乡村。乡村正在迅速地改头换面——几乎家家都盖了楼房。没有多少钱的人家，盖上结构比较简单的两三层小楼，多少配套上一些现代电器、家私。有钱的人家，又或者是有待于婚娶的人家，则大多会建起洋楼。有钱人家有实力享受豪华的小洋楼以及配套的现代家私，但有待于婚娶的人家却没有法子不去盖漂亮的洋楼（哪怕为此大量欠债）——以此招徕愿意嫁到他门上的媳妇。

乡村变化最大的一点就是"旧貌换新颜"。乡村人外出打工，积极于挣钱之事，然后迅速地将上海、江苏、浙江、广东等地的住宅理念和消费文化传导至内地。于是，由于各方面的复合影响（迎亲需要、精神崇拜、盲目跟风、相互攀比等），这种乡村改造的土建工程如火如荼、愈演愈烈。一般来讲，这种风气有一半是好的，但如果没有另一半的好来提升，那这种好就太快速、太浮躁、太本末倒置了。人们不再为了感受生活中的美而创造美，而是为了装裱门面而倒挂上这种生活方式。他们只看到了表面，而更深层的美感他们没有能力感悟到，甚至就连他们所极力效仿的沿海一带也是如此。人们更多是为了装裱门面、炫耀而大兴土木。很多乡村人的确就是这么做的，门楣尽管堂皇，装修尽管豪华，但内里的观念仍然是陈旧的。由此可见，他们学习到的只是一种表面的夸饰，也就是说，他们更多的是为别人或下一代人生活着。乡村生活在物质的衬托下更加迷失了，因为物质愈加令他们找不着北，仿佛物质就是"北"。这难道不是更大的迷失吗？要像真正的人一样合适地把握物质与现代人性观念等精神品质的权重，能比例调和地化解表面与内在，物质与精神，势必可以想见其道路之长远，以至于让人怀疑自然的生发过程是否能够达到。

乡村生活真是太腐朽了。小卖部去年新建了两间房以满足日益增长的娱乐文化需要。这地方被命名为娱乐室，也就是麻将馆或赌博馆。我今天中午进去叫人吃饭时，三间麻将馆（加上原有的一间）人满为患、水泄不通。下午四五点钟时，听说，村子南边一家娱乐室有位中年人竟因长久打扑克中风了，据说相当严重。村民们传播过来的情况是：两条腿"拖"在地上了。这里，老百姓的言谈举止莫不让人觉得乡村文化之庸俗到了极点。这是一个全然而旧的世界，即便引入一些外界的什么，也是将那些极其庸俗之物引入进来。这里，青年人也用这种眼光看问题，如同他们的父母。在这里，只有极少数的孩子稍稍超越了这种生活，但是方向模糊未定。在这里，只有孩子，你可以将希望寄托在他们身上，但在不远的未来也许并不会结出什么好果子。但即便如此，你仍然得把希望寄托在他们身上，这好比你与一个"美人"同处恶劣的环境中，你的眼光必然地在她身上停留最多，尽管这美人除了有美人之外表，其他一切悬而未决。

2012.1.13

死于家庭暴力

　　父亲在二层的小厅装修，母亲在缝补枕头，我坐在临时搭建的地铺上，读书。母亲和父亲的埋怨之声在周遭萦绕。他们有理由这样埋怨，有理由发出他们的心之声，无可厚非。但他们的话语作用在我的心里，千刀万剐。不能挣钱，读书无用论便成了他们的主要思想。他们只会看见那看得见的，用他们的标准来评估一个人，他们只服从那强者的，如若他们看见那读书带来的好处，他们便会使用另一套口吻。他们坦然地向你，向一个在苦楚中奋力挣扎、进取的人，在冬日瓢泼冷水。他们基于我的贫穷状态，基于我在事业上毫无成绩，基于我迄今仍然孑然一身。这一切令他们失望、寒心。

　　死于家庭暴力，那家庭的语言暴力，这些话语砸你、抽你，我毫无反抗之力，只能以沉默对抗。但是，那止不住的哀伤在内部剧烈地涌动着。

　　母亲的刻薄之言，父亲有时用如母亲那样的刀刻的语言，有时则又流露出一丝怜悯式的抚慰。这就是现实，是他们的人生境界之真实流露。这就是人之所处的真实周在。人被包裹其中，在那环境之内苦涩地、强忍悲痛地一边生长发芽，一边酝酿毒素，成了一半是品质、一半是毒药的这么一个余气尚存的物什，他迟重地行走着……这一切不可持续啊！要么他们致我于死，要么我的存在状态最终致他们于死。死与悲伤只是程度不同的两个词。

家庭暴力，有一种是打杀，还有一种是骂杀。打杀是另一种更极端的欲改变受暴力者生命轨迹的不人道行为，而骂杀则是施暴者与受暴者共享行为之哀伤的行为。它的痛苦更绵长不堪，深入底里。它点点滴滴、时时刻刻，说者可能无心——有时仅是一种埋怨或唠叨，但未尝不是他们曾经无数次（在远隔崇山时）所思考成熟的、在此刻的自然流露——听者却必然听进了内心。骂杀，是一种凌迟。

2012.1.15

墙

　　仿佛有一堵墙在面前，而人生无法逾越。一个孩童充满天真之梦，一个少年尽管忧愁，但仍富于梦想，谁也想不到在人生的青年时期居然有一道坎。人生跌进这道坎中，颓丧、茫然，生命彻底陷在无根、漂浮的状态，想往前走，但是墙壁太厚。怎么就走到这堵墙边？我是否因懵懂无知而犯下什么错误？我走的路是否是一条必由之路，或者说，这条路对于我充满着意义？当某一天，我返身回顾，会首肯自己的命运或苦难？我是否能穿越迷雾，是否能穿墙而过，是否可以把墙丢在我的身后，尤其眼前这堵墙？

　　一个人诚恳地服从于内心，想按着自己的心之所诉而走路。他想，我不应该屈服于当下，当我十足地厌恶它时，当我十足地意识到这是纯然浪费生命之举时，我决定离开。我要去寻找，我虽然对未来不太明确，又或者想探知更多的我有兴趣的未知领域，我以为执着就是一种关键的精神。铁路上轨道复杂，当我掌持的扭杆被我用力地扳得偏离原来的轨道，我便踏上另一条铁轨。我的人生向陌异挺进了，那儿尽管清雾笼罩，但山之轮廓却能给我伟岸之感，它早已经使我倾心。但那并不是一座孤山，而是一片诡异复杂的山林，瘴气弥漫。那里人们看重人之外的各种身份、头衔，那里人们根据亲疏和表面的各种炫目的东西而分亲疏远近，那里人们勤劳但生产"仙丹"——它们美妙却置人于死地。我渴望遇见善良的引路人，渴望像传统的师徒那样的同事关系，然而当我在心底发出此愿，他们即在心底斥责我：你又是谁？你凭什么？

现在，我居然又回到求一份糊口工作的时候。我需要工作，但还是尽量不要走回头路，又或者回到与内心分歧过大的领域。我想过，与那些需要付出很多精神能量的不符合我内心的文化工作相比，做纯粹的体力劳动也许要好得多。也就是说，我宁愿像大多数的打工青年一样从事体力劳动，也不愿做跟商业或某些我没有丝毫兴趣的文化相关的工作。

清贫并不令人惧怕，但生活如我当下，则是难以为继的。且不说，这种生活极端地缺少人性的温暖，就是从读书的效率上讲，我现在的生活也是失当的，一直独处在狭小的处所让人的思维也被禁锢了。而我觉得那种轻松的朋友之间的交流，不断地遭遇陌生的事物，在生活中仔细地观察人事……是非常有益于写作和调节身心的。否则，很容易让人产生极端糟糕的情绪。

有一段广大的砖墙，有一个人形的空洞处在砖墙的中心位置。这是一个不错的雕塑创意。现在，我多么渴望我能够穿墙而过，走出这片桎梏，让我轻松地吐一口气。

2012.2.23

出于人道

百无聊赖地行驶在回住所的路上，骑着我那辆廉价的自行车。每个工作日，我将自行车停在办公楼下，那儿只有两辆自行车，除了我的，另有一辆一直被锁在栅栏上，已经锈迹斑斑。将自行车从轿车的缝隙中推出，然后，习以为常地驾驭着它向某个点靠近。习以为常了这种生活，是无能为力突破，还是内心对于自我的坚定使然？

夜幕降临了。北京的下午六点左右。我向 D 村驶去。那儿，是贫穷之人的生活场。那儿，人流如织，但蒙尘如土拨鼠。我在人丛中穿梭。现在为时略早，下班的人流似乎还没到达这儿，那股潮水所形成的最大浪还得待会儿才能到达。我似乎除了骑车之外，还在用百分之二十的心思琢磨着某件事。正在这当儿，一个小孩，大概六七岁，像小时候在故乡山冈上遇到的兔子一样闪电般穿过路，窜到路另一边的"灌木丛"（此时此地，在路另一边停泊着一辆辆轿车、面包车）

中去了。我本能地刹住车，正是这本能的刹车让我没有撞上小孩。他侥幸稍稍从我的前轮前"逃"走了（虽然他根本没有要逃的意思）。我不由得破口大骂了一句。当这骂声本能地从我的生命急冲而出时，我发现骂人并非一定出于恶意。但我的骂声最该听到的人没有听到。那小孩根本没注意到刚才的危险。他在急速穿过马路时，根本忘记了他是在穿过一条时间之流，在这时间之流中，裹挟着丰盛的物质，也许是一辆质量较大的轿车、面包车，也许是一辆有时候冒冒失失的、横冲直撞的小三轮车，也许是一辆滚动于忧伤之中的自行车。他穿过去了，只是侥幸如剑快速地从水中划过，并让自己没沾上滴水。这是个不懂得保护自己的傻小子，这是个还处在童年的神话保护中的小孩。他还在自我的"钟罩"中。

我驶过去了，驶出二十米，又折返回来寻找那个小孩。是他。而不是他。是他。是那个小一点的孩子。他们围绕着一辆面包车疯跑，在玩逮人的游戏。那边还有一个小女孩，站着一动不动。她注意到了我。我转而叫住那年纪大一点的男孩。想告诉他刚才发生的事，让他转告那个小孩，因为他是这几个孩子中年纪最大的。但是，他也闪得很快，我不知道他听清我的话没有。那个小孩后来看了我一眼，是个相貌平常的男孩子。他仿佛明白了一点什么。我转而询问旁边一位做生意的妇女，问是否是她的小孩，她说不是。我请她转告那孩子的父母，让他们教育小孩子多注意安全。她则回复说，没用，那小孩太疯，根本管不住，没用。那妇女声音洪亮。我继续骑往住处。

出于人道。首先是如此。必得如此，才能安心。而有用与无用是之后的问题。像我这种人，有时候，对于发生过的事情可以无限悔恨，但通常不会临机应变。这是我的性子决定的。或许，可以这么说，我不能立即投入对某事的深入思考，而是在稍后。我总是迟缓于刚刚发生的事。我的沉思，能够漫长而悠久，但我却不会临机应变。我是一个回忆者，做不来在法庭上应变如流的律师。就刚才来说，在男孩望我的瞬间，我应该叫住他，跟他和气地说几句话，让孩子知道刚才发生的事其中的危险，但我没有。我迟钝地离开了。祝那个小孩迟早懂得一些道理，一生平安。

我多么擅于悔恨，而又多么匮乏于及时行动。记得多年前一个夜晚，我从车站走往住处。那时我住在香山脚下的一个小村庄里。两个外国女人行走在路另一边的灰暗街道上。

那还是未改造之前的街道，路是极端崎岖不平的。夜色很浓，两个外国女人结伴不知去往何处。她们一前一后地走着。突然前面一个女人被什么绊倒，身体几乎以九十度直接跌倒于地。而我愣了一下，怔怔地望着她们。过了一会儿，不知道出于什么原因（语言的障碍？），我竟自顾自往前走了。事后，我越来越埋怨自己……

语言怎么能是障碍呢？现在我知道：只要过去，就是一种语言。出于人道，这已经够了。她或许摔破了哪儿，或许需要一个医生呢。我擅于悔恨，不擅于及时的行动。我像一驾笨重的老车，想在发生了什么事儿的地方停下来，但迟缓地忘记了刹车。当我越走越远，悔恨也越发丰盛，然而我忘记了走回去。我应该像今天一样回去。像今天一样回去，就是战胜自我，就是一种胜利。走回去，出于人道！

2012.3.8

新的时间或空间

　　一天清晨，我六点钟起床后走到户外，发现一切都是新的。新的空气、新的路、新的房子，新的人——这些人此前我大概是碰不上的，新的天空——有一些不知其名的小星点缀着，新的街道，一条我从来没有见过的小黄狗——当我跑过一条巷子，它跑出来，叫嚷不止……也就是说，如果我轻巧地将我的生命的时钟向前拨一两个小时，我的生活就变得完全不一样，因为我看见了种种新的东西，这些新的东西难免没有诗意从中溢出。这不令人奇怪吗？当我的时间变得不那么大众化时，我的生活也变得不那么大众化。

　　由此，我想到空间的改变。到一处陌生的地方，当陌异的新奇性撞击你的眼睛，震撼你的情感、灵魂时，诗意也会产生。一场旅行，哪怕只是坐在车中，那种陌生感也会带给你许多东西。这也就是为什么我们压抑已极时，会想到逃离，

　　　　　　　　　　　　　　　　城下笔记

想到去往陌生的地方，甚至只管搭上车而不管目的地，任何地方都比此在陌生、新鲜。

2012.3.18

一次未成功的握手

是命运把这个座位赐给我,使我坐在这里恰好可见主任办公室里所有重大的举动?这是一家坐落在活火山之上的公司,不知道火山何时爆发而将公司毁灭,然而,在此之前就征兆不断。火山不停地发出咕噜咕噜的声音,像消化不良一样,还不停地打摆子。那个似乎永远处在感冒之中的老板(他老说他的感冒为什么总好不了),肝火很旺,对谁都不满意,尤其对谁谁谁、谁谁谁更不满意。这不,我右手边那间独立办公室内,他走了出来,我们的副总,一个刚刚进入中年的男人,但头发已经斑白。近来,他把头发理短了,像一下子年轻了五岁,像一个三十五岁左右的青年人。他身材魁梧,从屋子里步出来,向前走几步,再左拐,向里一直走,走到尽头,那儿是主任的办公室。他礼貌性地敲了下主任办公室的玻璃门(玻璃门开着)。他背朝着我(远远地),他说了一句什么话,听不见,但他一定是说了。主任,我的"读书人"

主任（我来这里时间不长，听说他北大硕士毕业，写过七本书，多数是经济学方面的普及读物），赶忙站起来，向门口挪了几步，像对我们一样地满脸堆笑，向他伸出手去，俨然是要握手。他们两个，是公司的中上层，这不是第一次见面了，为什么要握手？我立即明白了。这次老板真下了决心，辞了这位副总。这位副总，面对着满脸堆笑、和蔼客气的主任，并没有伸出手与他握手。反应过来后，主任及时收了手，也觉得自己伸出手欠妥。副总坐在主任办公桌前的椅子上，主任也返回到自己的位置上，他们聊着什么，这是听不见的。他是来跟主任告别的，他在这儿一年多了，这一年多，何其艰辛，凡是对草创一家公司的难度有所了解的一定知道一二。对于一个中年人，一个拖家带口的人，他怎么会不对自己这一年多的苦楚感到得不偿失？他认识到此刻的严峻，认识到脚下的冰融化了，自己正在下沉。此前，就在我刚来公司的时候，我就时不时听见老板批评副总，说他办事效率不高，经常拖着工作不做。而最近公司的一次重要活动（相当于一国的重要外事活动）居然临时没有让他去，这是一个坏信号。与此同时，主任呢？他的情况与副总相似，最近那个重要的在外地举办的会议临时也没有让他过去，而是让他坐镇总部。

在外地，在吃饭时，老板就数落主任的问题，诸如什么不懂标题的制作啊，什么该干的事情没干啊，等等。但责怪要比副总轻。当他听到副总说了什么话……其实，的确就是因离职向主任做个告别。数小时后，这位副总就在 QQ 群里发了一则简短的告别信，确认了我的猜测。

主任颇具亲和力地伸出手去，从主任这边来看，他满面客气的笑容，出于一种理解的同情，这是从存在主义出发的。因为主任身上还保有这种颇稀罕的情愫，所以，他必须要表达出他的亲和力，必然要伸出他的手，只是他没考虑到，或者说还不及考虑到副总会拒绝。副总拒绝了。主任的笑容收敛了，伸出去的手缩了回来。两个人坐在座位上，谈着什么话。这是两个中年人的告别之谈，也许还是这两个中年人之间的最后一次谈话。稍后不久，这位副总，将整理好他的物件，骑上他那辆电动摩托车，行驶在回家的路上。不知道他是会因漂若浮萍的命运而悲伤，还是会为自己从这种苦不堪言的折磨中解脱而高兴？更多可能是悲伤吧，哪怕当下感到一种解脱，命运沉重的悲怆性也将厚重地袭来，像乌云征服一座城市。而主任呢？他感到了如何表达自己对一个同龄人的同情、理解的为难？无疑，他也会因此而悲伤一会儿。但也只是那么一会儿。每个人要处理自己命运里的事情，他没有更多的心思流落到他人身上。他没有这等能力。他只能叹息自身，在过去、现在、未来，莫不如此。

2012.4.14

与一女同事同行

　　她忽然向我感叹她少年时学习上的竞争对手，已经过早地衰老，过早地放弃……她提到了她这个对手的早恋，指出那过早的"贪欲"对于未来的毁灭性的破坏。她替她惋惜不已。而她保持着品学兼优、锐意进取，考上了一所好大学，继而有一份还不错的工作。她认为她的昔日对手可能受过很多苦，乃至于为曾经的冒失、无知后悔不迭。我的同事在使用她的同情，对她那少年时的竞争对手唏嘘不已，然而，那个由少女蜕变成妇人的人，或许此刻也在同情她呢，同情她的形单影只的处境（她是个单身女人），同情她的飘零（她是一个"北漂"），为自己丰富的人生阅历、为自己的丰富人生而欣喜，甚而沾沾自喜。此刻，我的同事在浮动的轻轨上，从一处劳累过度的地方，滑向她那租金高昂的、环境恶劣的临时住处，她同情着她。而她活在小城里，活在爱人与孩子的天伦之中，偶尔去郊野游玩（小城的便利）。谁更需要同情？其实，我想说的还不是这些。我的同事指出她的同学过早地"堕落"了——从早恋到失去进大学的机会，直到生完孩子后，较快地衰老。然而，事实上，她，或者我，比之于她的同学又优异多少？假如我们把坚持学习、进修看作一种美德的话，我们真的就比她优异吗？如果她在十四岁或十六岁"堕落"了，难道我们不是常在二十二岁或二十五岁"堕落"吗？我们有资格指责她吗？我想，在上帝眼里，我们都是值得同情的，我们像刚出土的幼苗，不过只是树苗而已，没有一棵是大树。我们同情她，带着一种胜者的姿态，带着一种对那最早失败者的用同情包裹的冷眼、不屑，而我们自己接着他们倒下来了，我们失败而不自知。这难道不更可悲吗？

2012.5.7

无所适从

昨天是星期六。整天的活动结束之后，与同事一起整理活动未用上的物资，并统计入库，这样，这次活动的成本就可以比较精确地计算出来了……忙到差不多晚上九点多。我们一起走向地铁，进地铁后，我们就分手了，不同的方向，他们向东，我向北。当我一个人在地铁里时，一阵悲伤袭来。我打量周围的陌生人，他们与我隔着比太平洋还宽的距离。年轻的情侣也引得我想到我过于长久的孤单。然而我又害怕这孤独中包含的唯我独尊的自由会遗失掉。我既渴望又恐惧爱情。我感到无所适从，双手握住地铁里的横杆，颇显出不耐烦。一个人，一个像我这样的人如果向外看，这就是收获——无所适从……

车厢深处，一个年轻男子的歌声飘来，伴着吉他的弹奏。一个青年歌手。他在那边演唱。深情款款。他的行为宣告着，他愿意为了艺术而选择哪怕最底层的生活。他抓住

　　　　　　　　　　　　　　　城下笔记

了艺术的本质。即便如此，混迹于地铁，他依然在锻造艺术。他为地铁里的人歌唱，唱他们的心之声，他并没有糟蹋艺术。他现在在我附近歌唱。现在，我可以一边集中注意力听，一边扭过头打量这个年轻人。他很专业。他专注地唱着。我不如他，我的生活方式不如他的生活方式彻底，我在妥协，而他在决绝。我始终无法以我渴望的生活方式生活，而他已经统一。我始终身心两分，像拙劣的演员一样，我从最远的地方往回走，我甚至有些迷路了，我因到达不了我渴望的地方而焦头烂额，而他在那儿闭着眼睛走进了自我之中。他沉思周在，培育一种观照，而我看到他而感到一种不能抵达的悲伤。我将手伸进自己的口袋，将十元以下的零钱全部给了他。有不少，我也没数。他专注于他的这首歌，声线美妙，他用歌唱的时长，即多唱了一首歌来表达对我给他小费的感谢——这是他表示感谢的方式。结束之时，他低声说了句谢谢。他的艺术在被检验，而那些小费就是一种检测的尺度。在巨大的虚无中，他收获几缕回声，那就不是绝对的虚无了。所有的歌只为知音而唱。"我只要一个读者，好跟他聊聊！／我只要一个大夫，在悲惨的楼梯上和他对话！"[1]曼德尔施塔姆如是悲诉。我并不再把自己所有的一切兑成弓与箭。

2012.5.13

1　引自《正是一月，我将如何处置自己》一诗，见《曼德尔施塔姆诗选》，杨子译，河北教育出版，第225页。

　　　　　　　　　　　　　　　　　　　城下笔记

集体旅行

　　向来对集体活动忌惮的我，终于还是跟随他们踏上去往张北坝上草原之旅，因为对草原的向往取得了压倒性的胜利。即便集体旅行，陌生的异地也总能带给你些许收获，虽然收获中总难免夹杂一些难以忍受的毒素，它总是伴随集体活动无法消除，这是我偶有的几次集体旅行的经验。就这么临时性地加入进来，坐在车上，马上就可亲眼一睹的草原使向往变得越来越临近眼前。还有什么愿望的实现比之更轻松容易呢？

　　客车飞驰在道路上。同事们大多带着家属，三十多人热热闹闹。尤其是这么多小孩子，更使这次旅行多了家庭度假的味道。我静坐在公司包车的最后一排，观望这长方体空间里的喧闹场景。因为上车较晚，我身边是其他部门的几个我不熟悉的同事。我疲惫犯困，却又无法安睡，只好将眼皮假寐地阖上，感受着流动的一切……

为了让车内的气氛更活跃，一个女孩组织大家玩游戏。她正在解说游戏规则。她是公司前台。在我理解，凡是集体活动，一定有这样一个组织者站出来。我并没听清游戏规则，似乎传递什么，当她喊到什么数字的时候，没有脱手的家伙得表演一个节目。前面有人要表演节目了，但因为拘谨，活动不太流畅……活动又继续了，我睁开眼睛，见一个空矿泉水瓶正从邻座传到我手里，我迅速将它扔到我前面的座位。这时组织者的口令响起，判了我前面的小男生表演一个节目。我敢于断定，活动的组织者压根儿就没注意到我这个角落里的混乱。我前面是司机的孩子。刚上车时，他就为身边的新朋友表演了一个小魔术。这时，他故技重演了一遍，引得满车人的热烈喝彩，组织者奖给他一根山楂棒。活动继续，但不久后又中断了。在汽车加完油、大家伙方便过之后，活动没有再继续。

　　车内又恢复到"自然"的嘈杂之中。车在山区奔驰，一个个巨大山岭翻滚了过去。巨大的燕山山脉被我们翻越或洞穿。这些山岭大多巨石嶙峋，只生矮小的灌木……

　　直到五个多小时之后，翻越了最后一道屏障，我才发现了惊奇，我的眼睛被一种完全陌生的东西抓住，一种全新的感受是我此前的生命所没有体验过的，有如我第一次正式地领阅大海一样。我的心灵感受到的新的美令我沉醉：

是那些山。被草皮完全覆盖的（我初以为是小灌木，其实是草，其时我们已经进入草原），几乎不再露出岩石，她们是那样平滑。夕阳之光温暖地抹在山岭的皮肤上。她们像被上帝厚待了，像被上帝之手抚摸过。如果要找一个上帝爱地球的依据，我愿意认为这就是。我还从来没有看见过地球上的某处（就我有限的见识）显示出如此手笔的奇迹。如果地球是上帝爱恋的对象，我只能认为这些山岭是他恋人的乳房，上帝的手曾叹息地抚摸过她们，上帝的唇曾颤抖地亲吻过她们。那光滑的绸缎一样的皮肤，万山成了一群静止的棕马。那山坡是从马脊到马腹之地。我只能说，我因为从来没见过如此美丽的山岭而惊奇不已，为这山岭所显示的奇迹而把我从惯常的习性中提拔出来，成为不同于此前的我。一种难言的快乐和幸福生发于心……

2012.8.23

大声说话即在贩卖故事

　　一个女孩的声音，响亮、粗糙，带点野蛮。一开始这声音如此令你厌恶，你不得不放弃刚才非常流畅、思绪飘飘的阅读，转而被迫去倾听这破锣一般的嗓音。她在讲电话。你听的时间越长越发现，这连续不断的令人沮丧的粗野之声里，充满了生动的情节，发生过什么，正在发生什么，甚至将发生什么，都在砂子路一般的声音里面映现出线条清晰的轨迹。有时候，声大者说话，就是有意或无意地贩卖故事。她和他在谈论婚房的事情。这个他，很可能就是那位和她同居的后背满是文身的青年。我们住在一栋小楼里。他们是老乡。女孩子普普通通，如同她的嗓音，但也有一股子泼辣和粗野的劲儿。总之，在电话里，她不甘示弱。对方想把婚房建在家乡小镇上，女孩子尽管和他出生在同一地区或省份，或竟在同一个城市，但要把婚房安置在一爿小镇上，可不行。她坚决不同意。为此置气，甚至提出哪怕分手。她不愿意再退后一步。女孩可能认为，她已经退让多次，已经到了底线附近，只能绝地反击了。此前，她已如此响亮地说过几次电话，但因为这声音触怒了我，使我对它保持避之唯恐不及的态度。甚至她今天的电话，一开始也让我本能地反感，我根本不愿意撕开这声音的厚猪皮毡房而进入其间。只是后来才好了——我尝试着品尝了一下这种粗糙食物……

2012.9.7

找　房

　　我发现了这个所谓"牛皮癣"的贫民村，趁午饭后的短暂休息时间，从低矮、不讲究的门脸夹峙的一条狭窄的小道向里探索，一下子便被它的亲民性所打动，内心里一个欢腾的声音在说：这就是我要居住的地方。我要告别现在的住处，来这里；我将在这里生活，不会付出比我现在所居地方更多的成本，却能得到我梦寐以求的种种，我将在繁忙的工作之余节省下四五个小时用来读书、写作，这无疑将夯实我作为业余作家的身份。三个月以来，我为了获得一份稳定的微薄收入，付出着实太多。每天早晨六时半，我便起床，最多只容我有半小时的拖延。以前是骑自行车现在是步行赶往地铁，在灌肠一般的地铁里，我尽力争取时间与空间用来阅读书籍。我从固定的进门口，快速冲进车厢，向右一拐，幸运的话恰好占据那个角落，运气稍差还能占据它旁边的一点空间，我不抢座位——即便是首发站，你也别指望，不论男女，像疯牛一样朝极其有限的座位冲去，这种争抢过于残酷，你只能向右，右边是两列车厢的连接处。靠好，小心翼翼拿出书籍，一方面要注意别碰着别人，另一方面是保护书籍——频繁从背包拿进拿出，很容易损伤书籍封面。早高峰车厢里，不是任何时候都可以读书的，地铁距离市区越近，车厢也越发拥挤，最后，车厢里每个人都相互作用着相当大的力，你只能小心、艰难地把书塞进包里。稍过一会儿，你就要更艰难通过交换获得空间一步步挪向门边。换乘公交车时，你也可以拿出书，读一会儿，充分利用等待的时间。如果车辆迟迟未来，你便能读上好几页，哪怕迟到了，你也觉得值。在公交车上看书几乎不可能，车子震动、晃动太大，通常极其拥挤，毫无客观条件去阅读……早晨极其匆忙，赶到公司多半已接近上班时间。午休时间，你也别想看书，人不是机器，他的精力特别有限，尤其当工作要使用你极大量的精力与才智时，午饭后，你只想小憩一下，否则眼睛会非常干涩，人也会相当疲劳。下班后，你的头颅里装着什么呢？一块生铁，有时候你觉得坐车回家都吃不消。回去的车上你甭想读书，你难道不怕脑溢血吗？不到三十岁，就因脑溢血而死，足够成为一条悲伤的新闻了，虽然媒体报道的过劳死已相当不少。吃完饭回到住处，这时差不多晚上八点到八点半（甚至更晚）。这时，你虽然感到疲劳，但读书的渴望袭来，而且，随着食物的消化，身体也恢复了一些力量，几个小时不用大脑之后，大脑又可以再次工作了，又可以读书了。读到十点钟，去开水房打水，接着看到十一点钟。很多时候，你根本坚持不到十一点。我有个不好的习惯，喜欢躺在床上看书，在这种姿势下，睡眠很容易就击败了清醒，你不知不觉地睡去了，还假惺惺呈现着看书的姿态。其实，应该大声朗读，最好站着读书，这样才能预防瞌睡虫。

也就是说，除周末外，我每天读书的时间只有区区两小时，甚至不到。这是严重的摧残。更遑论写作了，近半年来，我的写作进展太慢，近乎停滞。这样的情况太危险了。必须改变。

当我发现公司附近有这么一处生活成本相对低廉的地方，可想而知我的心情，我认定了要搬过来。那天中午，我深入村中，村子铺展在一片斜坡上，低矮的房屋连缀一片，其间要么仅有狭窄的人行通道，要么根本连在一起。一些中年妇女在一块少有的菜园子边织绣，阳光快乐地照耀着她们。有些年轻人正在做饭。你看，就算他们不工作一段时间，他们的生活照常延续，这都是拜廉价的住房所赐。考虑到我的书籍、行李不比以往，要选择的住处需要紧靠比较宽阔的道路，方便车子进出。另外，我也不想住得过于狭小了。现在，我稍有能力改善我的生活条件，我想，这有利于我的写作……综合各方面的考虑，我决定选择一间稍宽敞、明亮的房间，周边环境尚可，尤其重要的是要宁静。村庄的止处，也就是斜坡下面是一条小河，一条柏油路，长带状的河滨公园。这带给我惊喜：虽然小河面容暗淡、脏污，但好像不完全是死水；河滨公园，则是晨练和做户外运动的好地方。相对来说，它比我现在所住的村庄要好得多。唯一不足之处是附近的地铁正在建设，大约得一年半之后才能投入使用。乘坐地铁，需要乘坐公交车，或骑车十来分钟，有点麻烦。那天中午时间有限，随便看了几处，已有把握，为自己将能获得更多业余时间而兴奋不已。

我盼望新时期的到来——做一个标准的"业余"作家。我越发觉得工作对于我的意义不仅仅是帮助我生存，它本身还含义丰富地凝聚着社会、人类，我通过这个魔幻的水晶球看到的将是宇宙；如果我闲荡在社会上，我就会像盯住流动的事物一样，永远无法深入细节、进入内里。

昨天星期六，本来决定继续找房子，然后周日搬家。可是，周六的一场小雨让一切都湿漉漉的，而且格外寒冷，我便打消了继续找房的想法。从现在看，这一意志涣散显然是毛病，是一股不愿意变化的依赖和懒惰。今早我起床也够晚，户外除了有点寒风外阳光普照，这才使我下定决心。十点钟我用了点早餐，便出发了。村庄叫小Ｃ庄。我从公司所在园区的大门所对的那条弯道拐过去。上班的日子，我看见不少人往这儿走，而这也是我要去的村庄的大致方向，所以，我觉得有必要沿这条道路探索过去。这弯道通向一片建设中的商业区，处在半封闭状态，好在一位好心的保安指引给我一扇小门。出门几步就到了那条小河以及河边道路。我向右走，不远便是一条我较为熟悉的街道，搬家的车到时候可以从这里进出。再往回走不远，便路过前段时间找房的地方，门前依然挂着"有房可租"的提醒。我决定先深入村子里，了解一下村里的房子……

　　村里面房子太小、太脏、太差。看了七八家。第一家有两间房，过于简陋，而且有诸多不便，比如水房是一个露天的水龙头。对应着这种简陋，房主说起话来倒也诚恳。第二家在河对岸，那条河上有一座一米多宽的小桥，仅可容两人并行或一辆小三轮车经过，如果迎面都是摩托车（两轮的，三轮完全过不了）就需要双方都停下来，小心翼翼地擦肩而过。只要有自行车、摩托车、小三轮车经过，行人往往要紧贴结实的铁栏杆避让车辆。从桥上看，河水似很深。小桥附近的河南岸，有一座"职工公寓"，非常陈旧的二层楼房，它后面还有一片面积更大的平房区。一位管理人员带我看房，倒也热心。只是房子没看相。勉强上了二楼，阳台低窄得可怕，像来到小人国。又返回河对岸，刚才在外的一个房主现在赶回来了，叫我过去看房。一个打扮时尚的年轻人，似并不住在这里。他带着我拐进一条胡同又一条胡同，来到两排小平房，打开其中一间猪圈似的小屋（只是这间空出来了），还没有关键的条件：能上网。又去了附近一家，情景与上家类似。看来这片地方房屋质量差不多。只能回到前段时间看过房的那片区域(一开始路过的地方)。这边房租相对高一些，房子也相对好一些，也集中，有四家"有房出租"。有一间，房主是位七八十岁的老奶奶，并不出门，先开个门缝，问我是哪里人，待知道我的籍贯后，才开门。她慢腾腾出了房门走到院子里，竟拿了一把钉锤与我，不知何意。且跟着她。她拐进右边一扇门，门里是又一个小小的庭院，十分僻静，倒合我的胃口。小院靠北有两间小平房，她叫我砸开其中一间的门锁，并说这间房的房客已搬走，只是把门锁了，打不开。我竟三五下就砸开了那把看上去非常结实的大铜锁。结果并不如老太太所讲，里面满满当当，完全没有搬家的痕迹，显然房客尚未搬走。不知老太太出于何因，但发觉上了她的当，赶紧退出小院走了。在院外，一房主主动问我是否租房。她的房客明天要搬走，而我计划今天找到房子，今晚就搬过来住。但我看了看她的房，在二楼，看上去挺不错，只是房客不在，门紧锁，无法进入细看。我们便商定，明天过来专门看看这间房。

　　房子找到现在，心情的颓唐可想而知，找不到想要的房子，居住问题不能很好地解决，又要把大量的业余时间浪费在路途上。预想没有实现，心情便低落，一脸灰败，欲哭无泪。但我还不想就此罢休，又去往对岸，看看有没有其他房子。倒有一间，但各种收费繁多，且房间又小。只能失望地到处走走。有时看见广告，也打电话询问一下，这是些中介公司贴的宣传单，一个次卧就要一千六七，实在高得离谱。这片城中村四周是高楼公寓，租金比这里高出两三倍之多。拉长着脸走在通向主路的小路上，看见好几栋在建的小楼房。

这是当地人自己盖的，还没有一栋打出"有房出租"的广告。只能悻悻地走向车站，百无聊赖地坐上回去的车。想看看随身携带的书，但情绪陷在刚才找房的糟糕经历引起的颓败心情里……

2012.11.11

生活之低

　　看书久了累了，不妨走入人群深处，这是一个不会错的选择。下午四点半，我走出冷冰冰的房间。天气是标准的冬天的天气，似乎快要下雪了，风似一天没停过半分钟。我疑心河边做着缝纫活计的大婶会因这样的天气而休工，但她没有。她穿着格外臃肿。我把一项小活计交给她时，发现她的手背皲裂得厉害，像树皮一样发出毛糙的灰色。我任她开价，不过，她的报价仍然算是公道的。河边不特她，还有卖布帘、床单的，卖厚棉鞋的，等等游商。

　　我推着自行车走过一条仅有一米多宽的小桥，因为通行的人多，相当缓慢。这两天小河水线下降很多，不少地方露出河床。（若干天后，我知道了是因为要给这段河流治污。）从水泥堤岸下部的涵道，不断地流下没经过处理的生活污水。

　　修自行车的大叔坐在一只破沙发上与人闲谈，在这样的大冷天聊天并不愉快，但聊胜于无。有生意了，老人家热情招呼起来。见我提出的小小修理要求，似乎过于简单，又见我的自行车轮胎完全干瘪，他竟自作主张仔细检查车胎是否漏气，虽然我已告知他这是长久没使用的缘故。在我走过小桥来到堤岸这边，有个穿白大褂的理发师跟我打招呼，问我有没有需要，我歉意地摇了摇头。现在，在修车间隙，我打量那边——茁壮杨树林里的四五个穿白大褂的人，一个中年妇女，其他是中年男人。生意寡淡，他们或站或坐，穿着臃肿。我能想象夏天他们的欢快和林下的热闹非凡，风儿从南边轻快吹来，茂密的枝叶对应着凉爽的树荫，他们一边剪头发，一边享受树荫下的凉快。他们周边坐着极多的纳凉的人，有的下象棋，有的喝茶，有的胡吹海侃，而他们边工作边随口插上几句。那是一年中他们最受宠的时候。而现在是冬天，人们缩着脖子，谁愿意在过堂般的寒风中剪头发呢？所以，他们闲着。然而这些中年人的心情谁知道呢？

　　修车师傅又鼓捣了一会儿，从时间上延长了本来三下五除二就能解决问题的工作。他要了还算公道的价钱。我本可以先商定价钱，再让他修车，但是，我却吞吐着没有说出口。我知道，尽管现在很冷，但毕竟还没有下雪（下雪会逼迫他们休工），陷在生活的泥泞，唯一要做的就是坚持上工，没有任何偷懒的机会。生活逼迫人坚韧，就像钟表一样。人们在用低音唱一曲多么深沉的歌谣啊，这近乎永恒的苦味，比西绪福斯还要不幸。

2012.11.25

这个世界

谁会关心天气？我是说关心天气、留意天气为了什么呢？我的生活与天气基本无关。我知道了今天晴天或阴天或下雨，有什么用？！如果早晨我步出户外，那么我便知道了，如果它在下班前的任何一个时辰发生变化，那么我不需要知道。

我现在过着一种集约化的生活。我躲在挨近公司的一个贫民村，早晨七点半起床——近来，我把闹钟从六点半调整为这个时间，我需要晨练，但我的意志力涣散，户外糟糕的空气也让我精神萎靡——吃早餐和准备午餐，昨晚就准备好，早晨只需加热和打包即可。吃完早餐上班。不到十分钟，从住处走到公司。在贫民村通向主路的路口，我照常需要留意行人，防止遇见同事。我不想让同事知道我住在这个破败肮脏的小村落里，同时，也不想把我为何住这里的动机告诉他们。甚至有时候，同事特别是领导问我住在哪里，我还向他们撒谎，让他们知道我住的离公司很远，只是为了赚取一点同情，以便我可以赶着点上下班，而不会被人埋怨。

我只想做自己喜欢的事情。如果工作是必要的，那么我将通过节约的方式创造属于我的时间。时间挤挤还是有不少的，尽管依然不够。说到住在这里的动机，创造更多时间当然是最重要的，但为何不选附近更有品质的社区呢？显然考虑到生活成本。我不得不量入为出地生活，更不能忍受如此辛苦赚取的微薄收入拿去喂肥那些本就富得流油的房东。

我在办公室坐下，面壁，背朝那位比我还年轻两岁的女上司，她总在不停地制造着噪声。她在公司很有地位，深得两位老总信任，升迁很快，这完全因为她心里面只有这份工作。她几乎像老板一样所思所想完全为了公司，这无可厚非。她除了因工作受累而产生抱怨、烦恼，没有其他原因让她因人格分裂而痛苦了。她大概也有理想，但一踏上社会，一工作，时间一久，理想就像炽烈的炭火慢慢变得灰白，最后火光消失不见，只有一份朦胧的记忆。"我原来的理想，是去当舞蹈家，或幼教。"某次聊天，她曾提过。很多男人和女人都这样，那炭火曾经也旺盛过，渐灭的过程伴随着他们的成长——成长为除了"敬业"（只因他们需要借此谋生）别无其他想法的单向度的人。可怕的情景模式——他们成了一个庸俗的人，因为当初炭火从旺盛到泯灭的过程中，他们没有痛苦，没有痛苦便也让他们的心慢慢麻木。

所以，他们从不考虑工作的正当性，不考虑工作中的每一个细节正当与否。他们用营收数字替换了这一类问题，他们只用金钱作为衡量的标杆和行事的目的。因而，不管是领导的要求，还是自己的主意，执行起来莫不斩钉截铁（削弱这种斩钉截铁只能依靠他们本身或多或少的惰性，以及事情的困难程度，否则，这世界恐怕已被这样的人挤满了）。只有这类人不痛苦，而这类人又为数众多。在这个社会，到底有几成这样的人？就我的观察，在我所在的公司大概是九成。这绝非夸张。当我写这句时，我想到了我好多同事，我可以一一列举，他们无疑属于此列。如果他们觉得痛苦，要么是工作量太大了，要么是工作本身遇到什么难处。还有一成人，他们是痛苦的，因为他们选择了非他们所爱的工作，或因为工作本身缺乏他们基于良知判断的品质。这种人尽管被迫去做工作，但内心是痛苦的，并且做着尽可能的修正。

我靠近后者，我应该做的是彻底抵制或改变它。但我是一个怯懦的人，或者说，我是个随波逐流的人，尽管我在随波逐流中反思。我大概属于某一类旁观者，是个精神上的行动者，而非肉体上的行动者……这是个坏世界，从我生下来，它就是如此，我一贯行走所及的地方莫不如此。我发现其中问题种种，但我行动力匮乏，没有用行动来改变它一点点。我只是保持着良知上的惭愧和痛苦。我有可能把它描画出来，但我改变不了这个世界。

午饭，我吃自带的便当。午睡简直是空想。下午直到下班，办公室内过于嘈杂，右边是两台打字机，在某个时间段它们响个不停。背后是她，仿佛办公室里只有她那样旁若无人地大声讲电话，有强烈震波的粗犷大笑、让人惊悚得掉皮屑的撒娇……左边是饮水机，它在烧开水时也有声音，但淹没不可闻……直到下班。必须准时告别这个世界，快速抵达自己的世界，一天才有可能回归到生命中……

2013.3.7

　　　　　　　　　　　　　　　城下笔记

悼绿萝

在不断上挺如欲望、不断膨胀如虚荣、不断下沉如堕落的城市，在它周边一处沙尘弥漫、破烂肮脏的所谓城乡接合部的所在，我俩相识了。一见钟情，你那么轻率地就走进了我的决然孤寂凄楚的生活。

那时你的面孔散发着健康、粉嫩的绿色柔光，你秀美挺括的样子让人即便时时刻刻看你也嫌不够。咱们相处一室，温馨、甜蜜，你比我想象的还要安静、柔美。真是啊，本性纯粹再加坚贞就总会纯粹下去，不会为凡尘中的污秽所玷污，你纯洁的品性，即便在你与我交往之后依旧保存着。我没有看走眼，我需要的正是你和你这一类，而不是已经被布尔乔亚化的她们。

多么好的贤妻，我出外去挣那点粮资时，你便看守小屋。虽然寄寓这贫寒的居所，可它毕竟也是咱们的家啊！有你，咱们的小家就让人倍觉温馨。

因工作变动，咱们搬迁至另一处，离开了相识的地方，更进入一种彼此无法相离的厮守状态。那是去年十月份的事，虽是搬到城中村，但住处比之原先宽敞多了。咱们住在二楼，有一道铁制楼梯，还有一座阳台，房子有一扇朝南的大窗户，阳光总在咱们的房间里画弯弯的、温暖的弓。虽然生活质量依旧不高，但你从未就此有过抱怨。你是知道我的，我不喜欢生活在高档的社区里，不喜欢看见牵着狗到处溜达的妇人，我总觉得她们贫瘠（真正的贫瘠不是寸草不生，而是反生莠草），你更知道我不愿意支出超出我认为是非道德的那部分租金。你知道我贫寒，需要自己慢慢累积资财，从而既可以在必要时敢于承担家庭责任，又可以慢慢靠近我那纯然发乎于心的爱之愿望。晚上，我跟你谈心，我什么都告诉你，用我的语言、举止；你什么都懂，像你这样年纪轻轻却能吸纳万千营养，真让人快慰啊！何其庆幸也哉！你春水的目光看着我，怎不叫我心旌摇动，一股发自内心的热流涌向眼睛、面庞、耳朵……我真为你而热泪盈眶，我这颗对外界十分冷漠的心已然视你为我不可或缺的家庭成员了。我哪里知道……

　　转眼，就进入了冬天。北京的冬天真难挨！新住处不能集中供暖，只能自己采暖。而我因担忧煤气取暖不安全，便使用起油汀。我似乎对北京的冷总是低估、准备不足，总以为挺一挺也就过去了。因为工作忙，一天也没几个小时待在住处，因而也就没重视。这是多么大的罪过啊！

我本知道你格外畏寒，冬天应生活在暖房。可我这个狠心的人，居然没采取任何保护施就让你跟我一起过冬。十一月底，就有些征兆了，你硬扛着。我也大意，见你仅仅有些提不起精神，就没放在心上。周末，我和你在阳台上晒太阳，你又灿烂地笑起来。十二月，天气是越来越冷了，你不再挺括，嫩绿之光也消失了。你静静坐在那里，不发一语，甚至不向我露出任何一个表情。这时，我才开始为你担忧起来。"绿萝，你怕是跟我过不去这个冬天了。是我对不起你啊！跟着我叫你受苦了。"你听见了我的话，惨惨一笑。

你太弱了，北京的冬天太强大了。我还好，可以一天大部分时间待在办公室暖和身子，没受什么苦，可你日复一日地经受着彻骨的寒冷，时间的分分秒秒，在你眼里，恐怕漫长得跟结了冰一样凝滞不动吧！这一切不应该全怪我吗？是我让你跟我生活在一起，我应该对你负起完全的责任。我太心狠，太无能了，居然没法给你起码的生活保障。你太倒霉，太轻率了，不该跟着我。我应该独身的，何苦让人家跟我受这么大的苦，我难道没有仁慈之心？欠下的情债该拿什么还？！明知将会做一个负心人，还要去做吗？今年一月底，你差不多完全油尽灯枯了，奄奄一息之际你贪婪地看着我，不舍地最后打量这个世界。你已经完全失语了。我看着你，发呆，盲目，不知道该如何拯救你。你的眼神，似泄露无限的悲哀，又似在表达难以割断的留念？那眼神已经完全地疲倦，没有力量，没有任何求生的愿望了。我的爱之罪，我应该决然孤寂地生活，不应作任何非分的想往，既然去爱，就理当承担责任啊！可是，我又没有这等能力……结果，我成了折花的刽子手。你，不就是我亲手毁灭的生灵吗？

从二月到四月，你的尸体渐渐干枯，但我仍未将你下葬。一方面，是想好好看看你，为你写一篇悼词，记下你一生的不幸。我生怕把你下葬后，你就会从我记忆中渐渐流逝，那份感情、惦记，乃至音容笑貌都会如过眼云烟一样消失不再见。另一方面，这也是让我记取，在冬天，不再轻率言爱，不要以为冬天就像"冬天到了，春天还会远吗"那样仿佛靠信心就可以挨将过去。可是，没有人性温暖的生活，生活又成了什么？

亲爱的绿萝，你我相识一场，乃前世的缘分，去冬你死于我的贫寒，但愿下一轮回你能托生于富贵人家，不愁温饱，且有知音相伴。我知道你的魂灵已幸福地转生了，已把前一生的不幸全然忘却。我真但愿你这样。不要记着不能承受的苦难，那非一个弱"女子"所能承受。只要活在阳光般的幸福之中，浅笑、轻舞、招引蜂蝶，别再奋不顾身地去爱，爱到粉身碎骨。对我这样的贫寒人士，你的心不能那么纯洁，那么真挚，那么执拗，那么女神，我谢谢你的爱，但你叫我如何偿还你呢，又如何能偿还得起呢？！……

2013.4.15

窗　外

　　谁知道仅仅过一种自我愿意生活于其中的生活也如此之难呢?！即便我已经将生活节省到一种难以想象的程度了，凡是能收缩的战线我都尽已收拢，我龟缩于一处，自我也不再胡言乱语，静默如处子，但是我并没有得到我想往已久的宁静。

　　我的新住处的窗户成为我操心的对象。这不大的房间有两扇大窗，其中一扇朝南。能采光还不能满足吗？是的，我当初也欣喜于它的能采光和通风，但我却欠考虑另一项必要的功能：隔音。这致命的疏忽！

　　我的住房如碉楼一般矗立在路边。路由宽如庭院收窄为仅能通过三轮车、摩托车的小路，蜿蜒伸进陈旧、脏污的村庄的内里。路上络绎的车辆和行人——他们发出的声音并非不能让人容忍。楼下是一间小卖部，我刚搬来时临近冬季，小店铺生意惨淡，终日门户紧闭。但春暖花开之后，小店铺改头换面，生意日渐兴旺，进货更多更勤了。小店铺并不发出什么噪声，它是安静的、羞涩的。影响我的声音来自小店铺外、暖阳下打牌的男女。一桌大声说着拿腔拿调的北京方言，另一桌操着某外省方言，他们呼喊着、号叫着。他们在汲取一点点快乐，但这一点快乐也是可疑的：因为他们在赌博——在赢与输那一轮又一轮的盼望、努力、失落或愉悦中，他们不过只是成功地消磨掉时间；很难说，这是快乐的。他们陷在这小小的游戏中，漫长，精神抖擞，却也把他们口语的子弹击在我那脆弱的窗户上以及透过窗户与窗框之间的缝隙击进房间（这种子弹能够绕弯和不断前进，不达目的不罢休）。除此以外，附近几户住户的女主人们，坐在她们其中一位的家门口聊着天。但她们用何种声音聊天呢？扯嗓子的尖利话语，简直就是叫嚷。我发现，我的这些同胞几乎不知该用怎样的语调聊天，她们声音毛糙，出语极快，令人听之如被钝器锤击，不由产生生理性反感。我因而大胆推测，她们用这种语音聊天的内容也必定是一些家长里短，甚至流言蜚语。男同胞聊天也是同样的情景，只是语调变得浑厚雄壮一些。

我的窗户没有办法将它们拒之窗外。我提防万千却在一处栽了跟头。在难得的休假日，我阅读和写作累了，然而想午休一下成了奢望——疲惫地阖上眼睑，却怎么也睡不着，外面市井的声音，密集地、不断地蹂躏我的窗户，进而侮辱我的耳膜。在我写作的此时此刻，我不得不打开音响，播放音乐，把音量调到最大，并把喇叭朝向窗户，以此抵消那侵犯的声音，但我并不习惯写作时有伴奏。

我想起孟母三迁的故事。古人的窗户用纸裱，如果住房挨得近，或住房外是公众聚集聊天的场所，外界的声音势必比我的此情此景还要令人难堪。所以，搬家也许并非为了寻求所谓书香环境，或许只是最简单、最低层次地为了寂静，逃避噪音。但这里的问题应该是我的窗户出了问题，它并不具有应该具有的隔音功能。要说我的邻居们是讨厌的，我觉得对他们是不公平的。从写作的角度来看，他们就像自然一样真实地呈现，用他们的身体、语言超写实地揭示环境的问题。在我来看，我不知道还有什么比这更值得品味的风景了。所以，我需要的是，一扇极隔音的窗户，关闭可以写作，打开我可以"极端的倾听"[1]和凝视。

2013.4.29

1　张枣语。见其诗作《钻墙者和极端的倾听之歌》。

　城下笔记

见不到第二次的美

如何用笔描绘她那精致的美丽?！午餐后我和同事迈上凉亭小憩，这座古色古香的亭子，伫立在一座小小的假山包上。习习微风拂过，让人为这午间的短暂自由所陶醉。坐在亭间，随意地打量风景，没承想望见了一个这样的女子——单单看她的面孔就感到无比地满足了。马尾辫，连刘海也完全梳向脑后的马尾辫，所以，她的面孔突出而毫无保留地呈现在观望者眼里。大概是她的眉较为乌黑，而鼻梁又甚挺立、精致的缘故，让她别有一种味道。她的脸与别的女人的脸的差别仿若启功的书体与普通的宋体，天生凸显出一种美神附身的美。而且最重要的是，她的眼睛，比别的女人要幽黯一点，这让她的标致的面孔并不那么妩媚，却质朴得如同来自山村田野，看得见的善良，处身世俗却超越了世俗，从而与俗气绝缘，仿佛天生就为精神而存在，天生就有一种为精神而牺牲的悲情美。她在等待她的郎君，或者她已然找到了这样的人？她的面孔如此特别，完全赏看不够。我目光的砂纸摩挲着这张完美的脸，陷在一阵贪恋里面。但我的心里、我的心里泛起了悲苦的宿命论：这么美的事物，你再也见不到第二次。仅仅因此就足以让我无尽地悲伤：这么美的事物，你再也见不到第二次……

2013.6.5

"猜猜我是谁" [1]

约莫 2007 年，我住在香山，有一位之前在网上有过交流的诗人从广东来京。听他说是专程为他的爱情来京的，她也是诗人。他看上去很朴实，精瘦，我们还同去了天安门广场并合影留念。他在我那里住了若干天。临走的时候跟我借了400 块钱。觉得既然是朋友开口，而且数目也不至于让人为难，就借给他了。当然心里也有考量：就算一个检测，如果痛快地还，这人就相当地可交；如果许久不还，干脆从此跟这人断了关系。

这个向我借钱的人，不幸属于后者。这之后有七八年没跟我联系，我也就把他忘了，结结实实忘了。我知道这个人我再也不会跟他交往了。如果故事就发展到这儿，自然没有记述的必要。

1　"猜猜我是谁"是近年流行的诈骗方式，却是我把这故事复述给朋友后，才知道的。

2014 年 7 月，我跟几位诗人朋友一起被邀请到内蒙古锡林郭勒玩。有一天，我们路过一片长得特别茂盛的草原，停下车观赏。旁边有一条清澈的溪流，流向一片白桦林。不过，当天天阴，空气中似弥漫着雾霾。我接了一个来电，口音像是广东、福建那边的，开口便让我猜他是谁。我完全猜不出来。他就说他是我的好朋友，怎么连他都忘了。在这个冗长的电话中，对方一直让我猜他的名字。我搜索有这样口音的朋友，确实没有符合的。我渐渐生气了，因为这个捉弄的游戏如果玩一会儿貌似还蛮有趣，但玩久了，就会埋怨该人不太会把握分寸。我居然有这么不理性的朋友？我生气了，这更让我猜不出了；他也生气了，气得挂了电话。挂电话后，我的心情比天气还低沉，我觉得我居然忘记了好友的名字，居然给我这么长的时间我都猜不出，我把这位友人放在我心里的哪一块位置了？！我的记忆怎么变得这么坏呢！我想啊想，连带我都开始嫌憎我的智力。但我终究想不出这人是谁，这个特别的声音在我的记忆里确实太微茫了。故事发展到这里并没结束，否则的话也不能成为一个故事。

去年年底，我又接到他的电话——我还记得他的声音，他还是让我猜他是谁，且跟在草原上同样地坚决。我按捺下怨气，平息了心情。我说，让我想想。这句话我说了三遍，而与此同时我确实在想，我说出了他的名字。这个我已经屏蔽了数年的名字。我只是一试，并不预备着猜对。因为这意味着往下走是不好的结局。因为我已经说过不会跟这样的人继续交往了。他说："你猜对了。"我并不高兴，甚至更生气了。我心里埋怨：这个人怎么是这样的人！若干年前，跟我借了一笔小钱，然后杳无音讯，等到有钱还了，还跟当初帮助他的人玩这样的游戏。当时，我还挺善良地以为他会还钱。他就在电话中约我，说想过来看我，并且约好了下周一。我发现在电话中他只字不表达歉意，就有点后悔答应了他。也凑巧，我的手机好像近几年都没有欠过费，唯独那天欠费停机了。等我发现，已经到了那天的傍晚，早过了约见的时间。我们没见上面。等我充了值，我给他去了个电话，表示歉意。他表示再约，然后在电话中，就有点冒失地开始跟我提再次借款的事。他这次所用的技术连小孩子都骗不过了。说什么急用5000块钱，明天工资发了就还什么的。想到他在我这里的信用记录……我干脆就说，我没钱，就急切挂了电话。我想，这个人怎么可以这样！！！确实不可交啊！借给一个这样的人钱确实是拿不回来了。但我又在想这哥们儿怎么了？心智这么不正常，明目张胆地欺骗昔日帮助他的人。是不是卷入了什么犯罪组织？是不是在欺骗更多的人？……

这样又过了几个月，就在今天，我在网上看稿看得眼睛生痛，便躺在床上休息，一个陌生电话进来了，劈头就让我明早到他办公室，到公司聊聊。我以为是我上司呢，但很明显我的上司并不是这口音，公司也没有其他人可以直接指令我做事。直觉告诉我，又是他。我就直接问他，是不是。他手机换了，口音变得浑厚了些，像是变着嗓子说话。他说，是。我先是问他，现在从事什么工作，问了几遍，他支吾着不愿回答，好像很为难一样。我又说，你知不知道还欠我钱？什么时候还？他，似乎不愿提及此事，这次是他匆忙挂了电话。我不是特别在乎这笔陈债，但这笔债务的消解，应当是我们之间要解决的第一件事，只有这件事解决了以后，才能谈及其他。但这样几次三番之后，即便第一件事解决了，还有其他吗？

现在，我在想，这家伙莫不是卷进了什么犯罪的机构？虽然我知道，最初的坏种子在一个人身上必然会长大、开花、结果，如果没有善的影响，必然会导致人性的彻底腐朽，乃至整个人的完全毁灭。有时候，即便有一些善良的品质来稀释这个人身上的坏，修正这个人，让他稍微健康一点，他身上的坏种子的力量也会让这个人在偶然中遭遇毁灭的代价。有时候，"粗疏"都可以归为这样的坏种子——我想起我的一个小学同学——更何况是那种真正的恶，那一定像瘤一样助推着这人走向灭亡。我没有能力改变一个人，只能这样胡思乱想，每个人都有他巨大的局限。我准备静观其变，若有更多证据就报警吧！

2015.3.15

野枣树

　　每一秒都有数只鸟快活地唱起歌。一只鸟大约最近，唱得最是清脆嘹亮。

　　在人世的邈远的谷地，片刻的宁静对应多大的代价？！

　　在山谷里，以及山的下缘，大约一人高的小野枣树密集地生长着。嫩绿的青叶从那光滑带刺的茎干枝条纷纷生发出来。在清澈光线的拂照中，这种嫩如此青春。

　　在新的轮回抽发出的细枝嫩叶，鲜绿得像茶树的新叶，用它柔嫩的质地泛着明净皎洁的光。然而，它们属于那些又带刺又耐旱能在极端天气下存活的野枣树。它们，在谷地，在山脚，构成了密集的枣树丛林。

　　这种生存能力让人惊叹，它们装点着人类的荒原，为未来提供一种可能性。野枣树是作为经济作物的枣树的种族源头。而枣是神秘的，枣树也是神秘的。你不知道它究竟是什么。枣并不是枣，枣是一个永远需要被探索待认识的世界。

如何理解它的刺呢？据说，它的进化缘于防止它的新枝嫩叶被牛马羊等动物啃食。想想也挺奇妙的。为何独独是它们（以及类似的植物）想出这样的招数？刺与自我保护，而且每一棵枣树都这么干。所以，它们不是幸存下来的，而是捍卫着自己的生存而存活下来的。

　　它长出灯笼般的累累果实，经冬变得又干又脆，也不凋零，枣红色如此诱人。它结果，当是为了繁衍，通过繁衍这种本能，达到自我的延续，可以活得更长久，简直万寿无疆。但它已经预设了死，想好了死，准备了死。

　　它尽到了它的使命。一棵枣树与一个朴实的农民相仿佛，甚至比之还要杰出。它的果实仅仅是做繁衍后代之用吗？为了生存，为了占领地球，为了建立一个王国？枣也许有其更重大的目的。它存在是为了有益于世界，世界将因它而变得更加美好。对于一棵枣树的探究是无尽的。

　　而且，这些价值并非以人类为中心。它秋季的硕果累累，经冬也不陨落，对缺食少粮的鸟类来说，它们宛如神的恩赐。鸟类也许在心里对枣树的敬爱要比对人类深彻得多。鸟类也许视枣树为神树。

　　各种鸟儿在这片谷地以及四周的山上安巢、生养、歌唱，心里定然带着巨量的感激。它们对着它们的神树唱赞美的诗篇。而在鸟的国度，它们原始的本能，它们完全自然的底色，使它们只要放开喉咙就能唱出诗歌。

因此，诗，并非复杂的事物，但一定是真纯的或源于真纯的。只有人类的诗歌告别了原始的单纯，她走向了宇宙的深处，但其中未尝没有走岔了路的。

吃着鸟类曾经的救命粮——帮助它们熬过了漫长冬季后的多余食粮，我走下山，陡然发现，刚才在山谷里带着功利目的采集的几块石头，居然忘记携上，落在了一棵野枣树下。

2015.5.7

城下笔记

山上笔记

　　早晨六点半出艺术馆[1]的大门，右拐，会有零星的轿车和电动车从你身后或迎面疾驰而过，在你前面的路边会有一两个穿着和面相都饱经风霜的农民慢步走着。声音在空旷的宁静中划开一道口子，口子稍后又慢慢愈合，如同沙漠中的踪迹。公交车站边数个大人、学生等候着。

　　从车站对面的入口插入村庄，穿过涂抹着《弟子规》的矮墙（路边屋顶上那些盖得像神社一样的烟囱很别致）深入，就迈入这里最美妙的景致之一——果园。壮汉般的柿树像神道上的神像，让人内心顿时感到敬畏。它们浑身粗黑，经过处理的树枝却细嫩得很。为了让柿树便于采摘，聪明的农人改变了植物的外貌。延伸进果园的水泥路甚至比穿越村庄的公路还要优质，又白又光滑。路在果园里面蜿蜒伸展，带着

1　指上苑艺术馆，位于燕山脚下，作者2015年4月至10月曾于此驻馆创作。

你奔跑。它并非四通八达，它的尽头可能依然是路，但已是土质的了，有些上面撒了些细碎的砂子，而在不远处你就会发现路走到了它的尽头，所谓尽头就是一个诚恳的刹止，按照自然法则，不宜再让路延长下去了，否则就不对路了。有时候，路的尽头就是果园；有时候，路的尽头则是不宜种植的险恶之地。

大前天下过小雨，昨天和前天风都很大，今早的阳光格外明净。太阳那炽烈的、干净的光泉在清早（真是大清早，在城里我这时估计还睡得昏昏沉沉呢）喷薄、倾泻在燕山的青色肌肤以及身边的绿树青草上。这里的柿树最引人注目，但以数量取胜的是那些枣树。小枣树漫山遍野，见缝插针，到处都是，它们的叶子嫩绿，阳光把它们的叶子照透了——巴尔扎克描写过类似情景，"映透阳光的耳朵"，真真惹人怜爱。一种叫不上名字的野草，在果树林极茂密地生长着，贴着地，开着细小的花儿，小花儿和叶和茎像博物馆里青铜的锈，底子是青色的，又浮出些白，远看着像沾着露水又挂着霜。

在这边生活，也许最美就是可在果园里晨练，而在城里，因为糟糕的空气质量已让我对晨练心灰意冷。每天处于慵懒恍惚状，任每日匆匆而过，没有早起的早晨，生命真变得短促起来。而这农人经营得很好的果园，却让我恢复了晨练的欲望，仅仅因为这些可爱的绿，虽然这里雾霾天与城区区别并不大。

　　路诱人探寻，总想跑到路的尽头看看，看看前人的脚步终止在哪里，为什么终止在那里。总有无尽的风景含蕴其中。路，通向怎样的世界？为了怎样的世界，人们把路颇费周折地修建起来？人们不仅被路通向的地方吸引，也愿意打探路边的景色，而到过的地方或熟悉的地方总提不起他们的兴趣。不断地占有新奇，确实也是好的品质，虽然，其中也可能因为浅薄，而忘却在熟悉中探索陌生。世界的广延度与深刻度这两个方向都是有益的探索方向。不过，要说谁更为重要，我认为还是深刻度。但是深刻度，又很难讲通过格物就能达到，可能需要在丰盛的经历之后才能悟得。所以，随心而动吧，心有其神秘的主宰，跟着她，她带我们进入圣地。

　　平常，我只在果园里面兜一圈，偶尔多跑一条小径，享受一下新路带给我的喜悦。大概是今天天气的原因吧，到处都那么干净，阳光温暖，晒得到处暖洋洋的，这么广大的绿沉醉在光的海洋里。我休整了会儿，准备再往里探探。看见铁道边的护道房边有两个中年工作人员正在谈话，又见护栏是打开的，便跨过铁道，向里挺进。我现在向北，对面是给人苍茫感的巍巍青山，让人仰止。这又是另一种新奇的向往。多少次，在艺术馆住宅的后窗，我伫望这群象般的山峦，赞叹不已，惊奇不已。在它面前，我多么渺小。它的壮大，让我憧憬怀抱。人的痛苦就像一块石头，把这块石头放在山脚边，石头会有怎样的感觉？山会对石头说些什么？山是石头和土垒起来的。

路过三两农人，搭搭腔，接着往里跑，累了便走，没指望到达山脚下，只想更靠近些、更靠近些。看着很近的山，其实蛮远，这是常识，又是教训。所以，有时候，看着很近的山，因为其实蛮远，我们就有了足够的理由放弃。但是，不知为何有一条非常笔直、宽阔的青蓝色的细砂路，夸张在绿海之间，仿佛摩西的神迹。我以百米冲刺的速度冲了几段，冲一段后走几步，大概冲了三次，然后路分岔了，再没细砂铺就。我看见左手边的路缓缓由西向北拐去，我就走了过去。在一棵白蜡树下，我累得完全走不动了。我就以打坐的姿势坐下，面朝燕山，东边是激情四射的晨光，现在是早晨八点多。我坐在光中，太阳拢我们在它的怀里。

山就在眼前，估计不太远了。因为登山经验的欠缺，这近在眼前的山，我却无法判断真实的距离。也许还远着呢，我下意识地想。今天就别再继续了，留待明天吧。我习惯了持久战，不是吗？直到现在(我写作的此刻，三个小时之后)，我才发觉，这既是优点又是毛病。我当时想，休息一下吧，等疲劳缓点儿就回去，明天再突破今天，到达目的地。

太阳光照我，T恤上的汗湿缓缓蒸发。这里的空气一定是富含营养的，刚才我的身体有点不适，现在静坐一会，感觉舒缓了许多。再过一会儿，我就享受起打坐，当然，我不是在禅修，我还不太了解禅修的门径。我只是静坐，静观，静想。我感受土路的干净，感受左上方那座高山，它有些秃头，在到处青绿的植被中，它露出寒碜、刺目的苍白。

人世有净土吗？没有吧？你看，我坐在这么完美的时空里，所见都是自然妥帖的，却也有让我不宁的事物存在。你看，有几只牛虻就在我身边绕来绕去，不一会儿，就有一只停在我的手背上，我不得不用飞快的动作去赶走它。赶走后，过一会儿，另一只又停在我的手臂上，还是得赶走它。再过一会儿，之前那只被赶走的，又回来了，还是停在我的手背上……净土何在呢？净土在我们心中吗？我们的心真的那么干净吗？还是我们的心可以干净却不能完全干净？也许没有绝对净土，只有相对净土。我们与不净总是相伴随的，我们的努力就是努力洗净自己，或者洗亮我们洁净的那一面，让光彻照自己，不断照亮、剔除我们灰暗的那一面，让它们像上午的阴影一样渐次缩减。谁又敢说能把自己身上的污浊一面完全汰尽？求善除恶，是我们一辈子的事啊！一只蚂蚁，是善的，它没有牛虻那样讨厌的习惯，见到肉体就要用它的刀子戳破，饮血。蚂蚁爬到人身上，在腿上，在手臂上，它不为非作歹，反而向我们证明是它自己迷路了，它非常抱歉打扰了我，跌跌撞撞地找回去的路⋯⋯

我休息好了，身体正常了，力量很清新。我就又变主意了，想现在就去看看，走到它的脚下为止，了却心愿，这也是对自己惯性的突破。一条羊肠小路，笔直地向北延伸，只在远处隐没不见。这条小路，领我进入的是什么世界？我看见两边的灌木状的小野枣树与昌盛的杂草组成一个丰沛的、荆棘的草原，阳光倾洒于上，如此圣洁、明媚，突然让我无言地感动。我就像走入梦中，我一定做过关于这个场景的梦。我往里，前面有一个人站着，还有一只白色的动物，我原以为是遛弯儿的人牵着狗。再往前走去，我看清是一位戴着口罩的老妇人和几头羊，她正在牧羊。我跟她打了声招呼，夸

　　　　　　　　　　　　　　　　　　城下笔记

赞了一下她的羊，问她这条小路通向哪里。她说：那边就是山。我继续往前，走了一小段路，我回头，发现老妇人还在看着我，更意外的是，那七八只羊正在头羊的带领下，跟着我。我恍然吃惊，为之感动。然后，我就听见，老妇人招呼她的羊：dou——dou——我看见羊群才慢慢地扭过头回去，有点不情愿，场面有些乱。

然后，这个世界就是我的了。我往里走，看着这个流光溢彩的、静寂的、偶尔"鸟鸣山更幽"的原生世界。一种无言的美压着我的情感，我的情绪和眼泪被逼了出来。我哭了。我的脸哭得很丑。我想起一部电影里的一个镜头。真正的哭不是为了好看的，心有多皱，哭起来就有多难看。我压抑住了哭，我不太习惯。也许，我并不那么任性吧。哭，是释放的药，我却吃了又吐出来了。如果因美而感动的哭是对美的尊敬，那么，我的哭而又止是因为什么呢？是美还不够壮大，还是我自己没有追求极致的自我感动能力？我只想归罪于我的习惯、性情。我想，更要去独自发现更壮大的美。我把哭留给未来，并不是因为这儿没有让人感动，而是对未来的期望。也许，我不过是胡诌，我会为我说出这些不准确的话而惭愧。

前方，依然有一条小小的、仅供一人往里挺进的小路，山脚就在身边，可以伸手触摸，也可以尝试去攀登，不过山很陡峭。这还是大山前的裙山。山腰上青石嶙峋，一些拳头大的石头形成了一道静止的石头"瀑布"，挂在山前。我并不打算上去，压根儿没这想法。我不是一个冒险主义者。我的持久主义又来了。我要是爬山，我会选择研究出一条有把握的安全系数更高的路线，贸然的方式不适合我。今天来到这真正的山谷我已心满意足。山谷非常小，在野棘的刺株下面，香蒿遍地，异香扑鼻。我想起家乡的蒿子粑粑，那儿时的味道，我已经十多年没有尝过了，想念不已。我有采摘香蒿的冲动，但我这俗物配采这山里的香蒿吗？它们愿意吗？我蹲下来，凝视着其中一棵，问它：你愿意我采摘你吗？我亲眼看见香蒿一动不动。对于我这俗不可耐的请求，对于我这十足侵犯的请求，它有一万个道理置之不理。要换作是我，我也会为居然有人在我耳边说这等污言秽语而大动肝火，装着没有听见，并向天祷告：但愿我没长耳朵。随后，还要跑到河边洗上十天耳朵。几丛鸢尾目睹了我的闹剧。

　　这片原生的植物欣荣的场景，勾起我对童年的怀念。这相似的朴野、自然的风貌，在我童年时常遇到。只是我忘了。

我被这种陌生的原初惊奇而生感动，痛哭流涕，是因为在人生沉重的中途，我还能得以在山重水复中误入一片真正的风景。是幸真乃人生大幸。年少之时，处身自然怀中，只顾沉醉享受；而后，在经历一番风雨过后，复得返自然，生生地留恋那儿时的风景，才发现真没有比之还要让人幸福的了。

我想起，年轻的母亲曾带我和弟弟去虎山（并没有虎，早年估计是有的吧）上采摘毛栗，我们收获丰硕，坐在山脚下一片平地上，母亲用脚压住毛栗，有剪刀拨开，摘出其中的果实。那时已不存在闹饥荒了，母亲带我们出去采毛栗，完全是消遣，她那时也很爱玩呢。夕阳西下，金黄的光抹在周遭的万事万物上，山丘、田野、白茅、绿树到处都火烧火燎的。我大概是在欣赏这片夕景，仔细地打量丘陵、田畈，却在"扣碗状的酥胸"（聂鲁达语）似的丘山上，发现一只火红的狐狸，夕光照着它，而它凝视着我们，不知它已凝视多久。我望着它，它大概也发现了我在望它，但至终没产生任何慌张或其他情绪。我也没有。大概是因为我们之间保持着完全合宜的距离。我打量了它很久。然后，我才想起，应该让母亲和弟弟也看看它。母亲和弟弟沿着我手指的方向，用目光搜寻它，很快就找到了。我记得，这时这只狐狸没有起任何变化，还是怔怔地瞭望着我们……

我下山了。沿着略略倾斜的原路往下走。路过那位放羊的老妇人，跟她问好。她那几只羊，又在头羊的带领下跟着我走了好远。老妇人又用"dou——dou——"的声音把它们好不容易唤回去。到了那岔路，我没有右拐，而是往前走了一小段路。看见一处平房。心里一阵赞叹。好个远离尘嚣的住所，住在这里的人到底是什么样的呢？狗老远就叫开了。抵着狗吠往前走，房屋前有一辆洒水车，想是果农住在这里。那三条狗叫得更张狂起来，而且没被系着，趴在金属的篱笆上狰狞地狂吠着。我没敢往前走，怕这几条狗从什么有漏洞的地方钻出来。在这人烟散尽的地方，有这样的狗叫犬吠真是大煞风景。我赶紧遁逃回原路。

一对老农夫正在伺候他们的果树。他们听见稀疏的脚步声，朝声音的方向瞅了瞅。我向两位老人问了声好。老丈，大概是个爱沉默的人，但见我的问好，脸上的表情却如清风吻过水面，又或如儿童的一颗小石头投进老潭。而老婆婆面善的笑脸上滴落数个汉字：您这是去？我说，我散步呢，到处胡乱走走。丢下他们。七点多时几乎一块儿越过铁路的农人，此时正驾驶翻地的机械轰鸣着工作，一大块地快要翻完

　　　　　　　　　　　　　　　　城下笔记

了。在辛苦的劳作中他未必不快乐。翻地、播种、施肥、护养、收获，他在翻地的时候已经在感受着收获的喜悦了。他感受土地、感受土地的广大、感受土地的生产能力，未尝没有体会到土地的博大和神秘，劳动的本分和快乐。一个在山边上嫁接树苗的中年人，坐在阳光里，像母亲照顾着婴儿一般完全入了神。他显然知道他现在在做什么，而这现在的里面含苞着未来，未来就在他的小心翼翼里面，他现在有多投入，就能想象未来有多美好，即便不如预期，他已经尽力，已经得到。完成了一小阶段的工作，他黝黑的面孔看看路过的你，你和他打招呼，他的快乐溢于言表。由此想到，那些企业家、商人、资本家，如果没有违背自己的良知去经营，他们的劳动对人类就没有害处，不也是像农夫一样的生产劳动吗？他们在经营中，就能得到真正属于内心的价值超越，而这是快乐的最大源泉。只是社会浮华已久，许多物品都溢出人类原初的需求，更有许多物品对于人类社会有害，已经积重难返。

也因此知道，人类的知识和道理，不仅是在书本中，也在日常生活里。从稼穑中，从商场中，乃至在晨跑中，在一次长时段的静观中，都有大量的知识和道理产生。我们只要细心品察、耐心琢磨，这些知识与道理就能汲入我们的肺腑，成为我们的血液肌肉，成为我们的魂灵精神。一个人不在于生活的地方，居高位、还是住下层；不在于做什么，靠智力、还是凭体力。他经历岁月后，都能成为一个高大的人，前提只是这个人有他的自我，并且按照自己基于良知的判断做事做人。不懂这个道理的人，或者走斜/邪了的人，那只是肉体活了一生，他的精神将丝毫不值得一提，连提起都令人羞愧，得赶紧忘记，忘得干干净净。他那没有精神的残疾的肉体，也丝毫不值得一提，也得赶快地忘记，提起都令人羞愧。

走在路上，即便与这些农人打个招呼，他们的身体和心灵都反映出光明、善良的美丽，流光溢彩，如同高僧大德。人，随着年岁的增长，会慢慢成长为高僧大德与混世恶魔的结合。但看你怎么去看，怎么与他相处。你用善与他相处，他就呈现高僧大德的一面；你用恶与他相处，他就是用混世恶魔的一面面对你。也就是说，人可以很好，也可以很坏。一般情况下，人有善的本性，基本是一个善的人，恶的一面极小；但遇到特别的情况，恶的一面也会放大。可以说，控制力是一种较高的德行，而具有控制自己行善抑恶的能力，是最高的德行。但很多人没有，或抱奉"以牙还牙，以眼还眼"，或是易于冲动，总之，让事情朝坏的方向发展。这都对世界产生坏的影响。人类的教育、政治制度，目标也在于把人的善完全地勾引出来，堂堂地在个体身上呈现，曝露于天下，同时把人的恶压制在笼子里、匣子里，见不得天日。

2015.5.4

附　录
光线集

1. 生活最好的礼物是馈赠给你镜子，让你从镜子中看清了自身。

2. 如果我说我正从事艺术，这就是说，我向绝大多数人藏匿着我的生命。绝大多数人唯一幸运的是，看见了我的死亡的一面。

3. 如果说，任何一条隧道都是可以容忍的，那么，我们敢于或有能力把人生想象成一条隧道吗？

4. 有些枷锁必须挣断；有些枷锁完全挣不断；有些枷锁必须自行戴上。

5. 有时，从事某个职业就是在贱卖自己，严重时，还会忘掉是在出卖自己，反而为此沾沾自喜。

6. 生活不应急躁，否则就是在追赶坟墓。

7. 这个世界变化得太迅速，唯一的对抗方式是静止不动。

8. 人为了活得更好而拼命工作，而在拼命工作时，每一天都活得很不好。

9. 个体是人的最基本又最高级的单位，即：要么他是个体，一个丰盛的人；要么他不是，一种全兽或半兽。

10. 一个真正的个体需要用言行证明自己是一个真正的个体。

11. 爱情，是一小股先遣队，我对它后面的军队充满担忧。由于情报的天然的缺乏，我成为最胆小的应对之将。

12. 时间是诗歌的磨刀石。

13. 对于专业演员来说，站在舞台上，越没人看时，越需拼命地演，因这时唯有自己这一个观众和评判者。

14. 不要匆忙拿出自己的文字，让它们像柿子一样酝酿成熟。

15. 艺术只有一个方向，那就是写出它所处的时代最紧迫需要的作品。艺术应时代需要而产生，因而它超前于时代，是时代的引路人。

2004—2014

光斑集

　　成人的时间比黄金还贵。必要牺牲的时间是那样霸道，使学习和思考的时间那样侏儒。不过，前者我认为有很大用处，必要牺牲的时间恰恰是跟社会摩擦的部分，借此认识社会，而学习和思考的时间应该是这个时间的影子。影子可以拖得很长，也许是一生。

*

　　我开始、开始视一些事物为敌人，比如女人，比如金钱，她们可能破坏这些在悬崖上长出的青翠苍劲之树。但原因其实是，我一直没那么好的运气赶上这些事物。人就像月球，它的形态固然有它执着的一面，比如它是一个球体，但也是不断被外来各种事物撞击的结果，比如它表面的那些环形坑。人应该像月球一样，被各种事物撞击得满面沧桑之后，还可以美好，皎洁，如同原初一样挂在夜空……

*

人，能有不伟大的吗？有些人生来顺应生活，他们顺顺利利地求学、相爱、生子，勤勤恳恳地抚养子女，成了繁衍后代的中坚力量。有些人生来与生活发生着火车轮与铁轨之间的摩擦，时不时还脱轨。但后者也许更美，他们前进时是伴随着重金属的啸叫和火花的闪烁的，他们的献身精神十分可贵。大地是沉重的，但人类中还是有很多人实现了"诗意的栖居"。

*

生活这部大书非常专横，它令它的读者只专情于阅读它，仿佛一阵风暴，你被裹挟了进去，仿佛必经的一条水道，一条船将驮载你而去，它们共同的特点是给你一种必然。生活就是人生的必由之路。

如此生活——瞪大了眼凝视生活，紧紧地抓住生活的双肩像质问一样摇晃——人生便变得毫无乐趣，以至于讨厌乐趣。瞧，所谓的乐趣多像阳光下的气泡。以苦为乐，这并不是一种如猪在淤泥中打滚的乐趣，而是自怜的快乐。那唯一支持自己能够自怜的是，这个人居然在这无比恶劣的环境中拥有了思想，虽然这思想像天空中的星星一样四零八散，不相连属。重要的是，他在闪光。愈困厄的环境正如黑暗背景，思想反而愈加闪亮。

*

意识到缺憾是永远必要的。它的必要性在于，时时提醒我们，缺憾就是我们本身。它促使我们为此而饱感痛苦，它的功能使我们脱离庸俗而追求一种有高度的幸福。

人本来意识不到自己的缺憾，如稚童，这正如动物不懂悲剧。但稚童活在人的群体中，他的意识渐渐展开，具有了更多的历史性，这是人类成千上万年来的累积，他只是不幸成了人类的一员。缺憾是必然要来临的，这是人的属性。缺憾是痛苦的根源，没有缺憾便没有痛苦。因此，谈缺憾多此一举。之所以谈缺憾，只能说是多此一举的强调，只能说是让一些漠视的人意识到自己的缺憾。这并不是做恶事，让人们痛苦，而是叫人们睁开眼睛。只有痛苦才能让人睁开眼睛。只有缺憾以及由此带来的痛苦，才能让人们意识到自己需要什么，并从此开始索取。意识到自己的缺憾，就能避免盲目，才能有意图地开始追求自己的需求，这种追求才是清醒理智的，才是"人"的。而在这种追寻中的幸福，或通过这种追寻得到的幸福，才是有高度的幸福。

*

人不能决定生，生于何年何月、生于何种家庭背景完全听任命运的安排，却可以决定死（死于何时何地何种方式）。能够决定自己死亡的人必定是有着强大的生命力的。而这股强大的生命力竟然奔向了死亡……而一个人既然连死亡也能决定，那么生（生活方式）也应该能决定——生命之神与死亡之神从来就势均力敌：死神从没有让一个人不死亡，但也不能阻碍生命之神让一个人出生。死亡的最后一跃的背影可以给人一种震撼、一种长久的反思，但生对生命的鞠躬尽瘁更加让人动容。总而言之，人的一生应该强劲地度过，方能让生命这颗小太阳竭尽所能地奉献火与热。这火与热对于人类大有裨益。

*

我们需要不断地改变，不断地修身，觉悟我们观看世界更广阔更深邃的方式，修炼我们的灵魂以不断雕塑我们的人格……从未来看现在，我们每个人都是旗手，已经杀进历史，正在与自身和外在的一切愚蠢、野蛮厮杀。这一个人的战争每一个人都不可避免。拼争，这是人之为人的责任。

*

在路上，我们会遇到一个词：朋友。它意指你遇到了这样的人：他善良，而又用最直接的方式对你，不论双方的境况出现何种变动。也就是说：他是充满德行的人，又是充满独立性的人，是一个真正理性的人。他始终因为爱而批评，或者用批评来爱。批评，是最直接的关系；在朋友之间，批评是最近的距离。它是现实，而不仅是词，就烛照了我们卑微的生活。

*

　　一个人如果知道什么是他想要的，什么是他不想要的，他就会走一步看一步，每日小心翼翼、清清楚楚地生活着。他不能勉为其难做一些远离他立足于此的行为。要前进，同时也得退缩；要专注，同时还得省略，这也许可以称为是专业性上的要求。除了读心爱之书和写愿意去写的文字，其他莫不是为了这一目的：挣钱。而挣钱的方式有太多种，你的人生每往前走一步，挣钱的方式都会呈现改变或转机。不要轻易为了挣钱而丢失了你自己，不要轻易为了挣钱而负上过多的承诺，也不要为了挣钱过多地盲动，也许某个阶段你为了挣一百块钱所花生命力为十，而到另一个阶段则只需一。那何不在后一个阶段来稍稍花些精力挣钱，干吗拼尽精力在那过于年轻、没有资本的情况下艰难为之呢？

*

　　我想，在大多数作家眼里，写作胜于爱情。前者是与上帝恋爱，后者不过是与俗世中的一个女人喝一杯掺了安眠药的葡萄美酒。

但是，对于大多数作家来说，他们还是常常这样干的：爱情对他们来说是终生甘之如饴的事物。或者更露骨一点说，女人是他们终生甘之如饴的美丽动物。要知道，作家也是一个人，要一个作家像超人一样受难地活一生，作为一个女人是要内疚的。不是吗？正如我为终生没嫁的艾米莉·狄金森内疚一样，女人也当为诸如康德、叔本华、克尔凯郭尔等所内疚。

*

在图书馆，我相信这里有最优秀的女子，但假若我与她紧挨而坐，我也无法跨越我们之间的鸿沟。我是来读书的，这是多么虚假的借口。事实上，我多想在这里认识我的恋人。我是被迫在读书，至少不太纯洁，我容易东张西望。这一点我读的书的任何一个作者都能证明，但我能偶尔把他们当那么回事地读了，充满敬佩。据说，莫扎特的音乐很多是在等待情人的无所事事中完成的。

*

"形象当自行鼓翼而来。"一位法国诗人如此描摹灵感。其实，这"形象"二字，完全可换成爱情。不论知识女性，还是只读了中学的女人，爱情对她们都一视同仁，正如对男人。关键是，那一刹那是否能够恒久。说到底，是爱情的能力。或者说，爱情，已经明显提示我们这是情商问题。难道知识女性会承认自己的情商不如其他女性吗？按道理，知识女性的情商应该发达于其他女性。但智商和知识也许会干扰到情商，两者似乎有种相互干扰的作用。就像人类自逞有知识，却失去了对自然的敬畏，不能比古人更好地与自然相处。但也许有一天，人类醒悟过来，理性与感性合力作用，将比凭借其中任何一种能量更大，取得的效果更好。所以，不要反智，而要反对只重视智。

*

"现在"意味着稳定地存在，它既不立足于已经沉沦的

"过去"，也不妄想在"未来"的土地上攀缘；它是此时此刻的实存，易于把握，虽然它易流动，飘忽不定。我们的意义是"现在"，人生的意义是被抓握过的"现在"的累积，而无为的人没有掌握过"现在"，他是可怜的，看上去没有存活过。因为他可能展望着未来，流连着过去，但唯独没有在"现在"上有所作为。他的生存状态是虚无。

*

对时代必须过于切入，深刻地体味它的各种重大的问题。这是一个艺术家必须具备的。然而这只是表示艺术家"懂得""知道"。他如何呈现，如何证明他是一个艺术家则需要做另一番事业，这就是艺术的形式问题。

*

美国学者苏珊·李·安德森在关于陀思妥耶夫斯基的著述里，整整花了一章去证明何以"小说是哲学的一种形式"。

其实，我觉得这似乎没有必要。任何一本成功的著作都是哲学。至于什么形式，那要看作者本人的个性。

城下笔记

一个如亚里士多德那样有严谨癖的人，他的著作就显然是一篇篇标准的博士论文。

一个作者本性上是哲学家，那么，他用任何形式写作都应称其为哲学。因此，克尔凯郭尔的《诗篇》和《勾引者日记》是哲学，尼采的《查拉斯图拉如是说》是哲学。

一流的作者的第一个称谓是哲学家（思想家），其次的称谓是用他的著作所使用的形式去命名的。

在我的眼里，哲学家（思想家）是最高级的称谓，诗人是最高贵的称谓，小说家是最令人高兴的称谓。

*

艺术是一种安定剂。我希望人们读我的诗，当他们深夜阅读时，将眼光插在我的文字丛林里能够获得一种良心上的稳定，并汲取一种应该怎样活下去的壮大的勇气和缘由。

*

必须对诗歌忠诚。诗人作为一个艺术家，他要保持对艺术的虔诚，并且他的欲望应该渐渐淡化下去，这尤其对于艺术的学徒，还不谙艺术的真谛的人，也即正孜孜寻求艺术真谛的人。对艺术有欲望（渴望从艺术中带来物质利益，渴望从艺术中得到满足虚荣的荣誉），很危险。

*

一首诗的读者只有一个人。那个人被这首诗弄哭了，痛哭流涕或是小声抽噎，这完全取决于个人风格。此后，他铭记你，心头时时把你提起。事实上，伟大的诗人就是在寻找这样的读者，或者说，无人闻知的诗人总是在寻找产生这种诗歌的方法，并为此尝尽人间疾苦。因此，我觉得写诗是在救人，至于救一个人还是救十个人，本质上一样。其实呢，诗人生产这样的诗歌首先救了自己，他总是第一个为自己的诗歌哭泣的人，至于痛哭流涕，还是小声抽噎，取决于个人风格。

*

客观性是写作最为重要的品质要求。心理的、外在的，均应如此要求。因此，描写成了实现这一目的的唯一途径。只有通过描写，才能使文字形成造型、节奏、声音（事物本身的安静或喧闹等）、颜色、味道、触觉等。写作就是写生。

*

我对质朴与世故的态度见于下面这则寓言：

质朴和世故都想见诗神。当世故一有这个想法，它就马上踏上征程，想法子寻找。它见质朴呆头呆脑，迟迟不行动，心里就嘲笑它："知识太少又不聪明，真没得救！管它！"过了很多年，两者快要到谢世的年纪，苍老的世故见苍老的质朴还是那副冥顽不灵的样子，尽管自己从没见过诗神的伟容，心里却好不得意。有一天，它又想去看看质朴，毕竟有时候也挺无聊的，找个呆子取取乐，也顶有意思的。它也懒得去质朴的家里，就准备敲敲它的窗户，让它走到窗前跟它说话。窗子对着质朴的堂屋。正待世故要敲窗户时，它看见一位惊若天人的女子，正与质朴相对而彬彬地交谈着什么。凭世故与生俱来的聪明，它知道这个惊若天人的女子正是诗神。它正要敲窗的手凝固了，它一张自信满溢的脸僵了。它缩了缩脖子，敛了表情，平生头一次彻底反思它自己。它蹒跚地往什么地方走，没有目的，嘴里念叨着："我……我……我……"一个趔趄摔倒了，好不容易爬起来，还是那句"我……我……我……"看来它是彻底病了，好不了了。

＊

柳树的枝条可以像烟花一样燃烧吗？答案是不仅可以而且现实中就存在。今晨我透过公共汽车的玻璃就看见了此景，如鬼火神灯，在空中，在冬天柳树稀疏的头发间，闪烁如泉涌。这超现实的奇异不明之象，原来来自附近一处工地上的电焊工的焊接之火。只不过这焊火过于强烈，因而只显现了焊火，摈除了其他。所以，或许可以这样说，超现实不过是借助玻璃，或心灵的玻璃折射而存在的一种现实。

＊

意识到一种不足就是意识到一种冷漠。反之亦然。或者干脆这样说：越是被我们冷漠忽略的东西越是能够带给

　　　　　　　　　　　　　　　　城下笔记

我们养分，弥补我们之不足。我这样断言，是因为一种痛苦的经验和教训。我们应该时常检视那些被我们冷漠忽略的事物。

2004—2014